75 ... na und!

Der Autor Siegfried Müller ist Mitglied folgender Vereine und Verbände:

- Verein Deutscher Ingenieure (VDI)
- Industrieverband für Bausysteme im Metallleichtbau (IFBS)
- Verein Deutsche Sprache (VDS)
- Verband Führungskräfte (VAF – VDF)
- Verein der Freunde der Fachhochschule Karlsruhe

Im Januar 2010

75 ... na und!

(Faszination Leben)

Eine sicherlich außergewöhnliche
Autobiographie von Siegfried Müller

Titelbild: Inga Boog

Impressum

Bibliographische Information der
Deutschen Nationalbibliothek

Die Deutsche Nationalbibliothek verzeichnet diese Publikation in der Deutschen Nationalbibliographie; detaillierte bibliographische Daten sind im Internet über
http://dnb.d-nb.de
aufrufbar.

ISBN: 978-3-839-17258-2

Herstellung und Verlag: Books on Demand GmbH, Norderstedt

Inhaltsverzeichnis

VORWORT

Auch wenn ich nur ein ganz normaler Bürger dieses Landes bin, hat kaum einer meiner Mitbürger ein paar Ereignisse gleichermaßen so erlebt wie ich, und wohl keiner wird sie in Zukunft so erleben müssen, aber manche davon eben auch nicht erleben dürfen.

Warum es mich drängt, diese Ereignisse nieder zu schreiben? Nun, ich möchte Menschen, die mit einem körperlichen Problem zur Welt kommen, Hoffnung machen dieses zu überwinden, und ich möchte aufzeigen, wie man trotz einer nur bescheidenen Ausbildung beruflichen Erfolg haben kann. Ohne Abitur und Studium mit nur einer Grundschulausbildung Ingenieur zu werden, ist sicher ungewöhnlich.

Wer ist schon als Krüppel auf die Welt gekommen, und wer war schon mit Wissen und Billigung der deutschen Justiz in Deutschland eine Zeit lang gleichzeitig mit zwei Frauen verheiratet?

Auch möchte ich berichten, wie man mit zum Teil höchst merkwürdigen Ereignissen, die gelegentlich durchaus auch einen lustigen Hintergrund haben können, fertig werden kann.

Wenn einer eine Reise tut, dann kann er was erzählen, und so lohnt es, Reisen z. B. nach Neuseeland, aber auch berufsbedingte Auslandsreisen, wie in den Irak, näher zu betrachten.

1. Ein Krüppel wird geboren

(Nicht jeder kommt gesund zur Welt)

Dreikönigstag, 6. Januar 1935. In Siegmar-Schönau, einem Vorort der sächsischen Großstadt Chemnitz am Fuße des Erzgebirges, wurde ich an einem Sonntagmorgen so gegen 9 Uhr 30 geboren. Es war jedoch bei weitem keine normale Geburt.

Meine Unterschenkel waren nahezu rechtwinklig nach außen an den Knien angewachsen. So war es nicht nur für meine Mutter eine höchst beschwerliche Geburt, ich konnte auch in den ersten drei Jahren meines Lebens weder Stehen noch Laufen.

Erst im Alter von drei Jahren hatten die Knochen eine gewisse Konsistenz, die eine Operation ermöglichte. Meine Eltern nahmen Kontakt auf mit Herrn Professor Quirin in einer Klinik in Chemnitz und dieser führte 1938 die Operation aus.

Nach weiteren drei Monaten, in denen wiederum nur Liegen angesagt war, konnte ich endlich die ersten Gehversuche unternehmen. Mit äußerster Vorsicht tastete ich mich im wahrsten Sinn des Wortes Schritt für Schritt an das normale Leben heran.

Von Tag zu Tag ging es besser. Bis zu meinem 10. Lebensjahr musste ich dann orthopädische Stiefel und später orthopädische Schuhe tragen.

11

Dann kam die Erlösung: Keine Einschränkungen mehr, auch nicht, was die durchaus vorhandenen sportlichen Ambitionen anging.

Ein Mensch, der das nicht erlebt hat, wird sich kaum vorstellen können, was es für mich bedeutet hat, im Alter von 12 Jahren Fußball spielen zu können und damit endlich meinen Freunden gleichwertig zu sein. Dieses Gefühl war unbeschreiblich schön!

Wohl kaum eine Mutter hat vor Freude so viele Tränen am Spielfeldrand eines Fußballplatzes vergossen wie meine Mutter an dem Tag, als ich das erste Mal in der Schülermannschaft aktiv war.

Nie mehr in den vergangenen mehr als 70 Jahren gab es mit meinen Beinen auch nur das geringste Problem. Professor Quirin sei Dank!

Diese Vorgeschichte erklärt wohl auch meine Liebe zum Fußballsport, der mich bis ins hohe Alter nicht losgelassen hat.

2. Angst

(In den Fängen der Besatzungsmacht)

In den Nachkriegsjahren, wie zum Beispiel 1945, gab es generell und also auch für uns damals 10-Jährige so gut wie keine Süßigkeiten. Also mussten wir Wege finden, an so etwas heran zu kommen.

Eine Erfolg versprechende Möglichkeit war, den amerikanischen Besatzern – die damals zunächst noch als Besatzungsmacht in Sachsen anwesend waren, bevor die Russen kamen – frische Eier zu besorgen und diese gegen Schokolade und Ähnlichem einzutauschen.

Ich hatte über einen Schulkameraden meiner Parallelklasse, dessen Eltern einen landwirtschaftlichen Betrieb hatten, die Möglichkeit, solch frische Eier zu bekommen.

Gerade als ich dabei war, das Geschäft mit einem Soldaten abzuwickeln, wurden wir von einem Offizier erwischt. Dabei muss man wissen, dass es den amerikanischen Soldaten bei Strafe verboten war, solche Tauschgeschäfte zu tätigen. Welche Strafe der GI über sich ergehen lassen musste ist mir unbekannt.

Ich jedenfalls wurde dem Kommandanten vorgeführt. Nach Anhörung griff dieser zum Telefon und Minuten später betrat ein hünenhafter, allein ob seiner Größe furchterregend aussehender dunkelhäutiger Soldat den Raum.

Der Kommandant erklärte ihm den Sachverhalt und der Neger nahm mich an die Hand und ging mit mir nach draußen. Wir bestiegen einen Jeep und los ging die Fahrt, immer weiter von zuhause entfernt.

Zwischenzeitlich hatten Nachbarn meiner Mutter erzählt, dass ich von den Amerikanern verhaftet worden bin, nur weil sie gesehen hatten, dass ich mit einem Jeep abtransportiert wurde. Helle Aufregung in der Familie.

Nach etwa vierzig Kilometern stoppte der Neger den Jeep, just an einer Stelle, an der ein Feldweg nach rechts abging und befahl mir auszusteigen und den Feldweg in Richtung eines kleinen Wäldchens entlang zu laufen.

Mir kam der Gedanke, dass ich hinterrücks erschossen werden sollte, und dachte: So ein feiger Hund, traut er sich dabei doch nicht einmal mir ins Gesicht zu sehen. Je weiter ich ging, umso mehr war ich mir sicher, dass ich diesen Tag wohl nicht überleben werde. Plötzlich hörte ich ein Motorgeräusch, drehte mich um und sah, wie der Schwarze mit dem Jeep davon fuhr.

Vierzig Kilometer von zuhause weg und in der Abenddämmerung machte ich mich auf den Heimweg. Mal nahm mich ein Bauer mit einem Traktor ein Stück mit und mal auch ein Motorradfahrer, aber den größten Teil der Strecke bin ich sicherlich zu Fuß gegangen.

Zwischenzeitlich hatten wieder Nachbarn, die den Jeep mit dem Neger ohne mich hatten zurückkommen sehen, meine Mutter informiert.

Diese versuchte bei den Amerikanern zu erfahren, was mit ihrem Sohn geschehen ist und bekam zur Antwort, dass ich mich strafbar gemacht hätte und an einen anderen Ort gebracht worden bin.

Gegen Mitternacht erreichte ich endlich mein Zuhause, wo mich meine Mutter sichtlich erleichtert in die Arme nahm.

Aus dieser Geschichte habe ich folgendes Fazit gezogen, an das ich mich auch in meinem späteren Berufsleben strikt gehalten habe:

Überlege Dir genau, mit wem du beabsichtigst Geschäfte zu machen!

3. Von den Nazis über die Kommunisten zu den Demokraten

(Für die Familie war dieser Weg zu lang)

Nach Kriegsende 1945 lebten wir in Magdeborn bei Leipzig. Meine Mutter, mein damals vierjähriger Bruder und meine Schwester, die im Februar 1945 das Licht der Welt erblickte.

Unser Vater, Mitglied der Waffen-SS, wurde von den Amerikanern in Darmstadt festgehalten. Die Mutter musste die Familie ernähren und arbeitete im Schichtbetrieb als Verwiegerin in einem Braunkohlekraftwerk. Das war überhaupt nur möglich, weil die Großeltern mütterlicherseits von Rabenstein bei Chemnitz nach Magdeborn umzogen, um ihrer Tochter, also der Mutter von meinen Geschwistern und mir zu helfen.

Wenn ich schreibe „umzogen", so im wahrsten Sinne des Wortes, denn sie zogen in der Tat, nämlich einen überdimensionalen Handkarren mit dem Nötigsten beladen, und das Ganze über eine Strecke von etwa 60 km. Sie wurden sofort gebraucht und reagierten auch sofort – es waren zwei wunderbare Menschen. Aber jetzt waren wir sechs Personen die mit dem Einkommen der Mutter und der kargen Rente des Großvaters auskommen mussten.

Unter diesen Umständen war für mich überhaupt nicht daran zu denken, weiterbildende Schulen zu besuchen, sondern ich begann in eben jenem Kraftwerk eine Lehre als Schlosser. Dort gab es monatlich im ersten Lehrjahr 80, im zweiten 100 und im dritten Lehrjahr 120 DDR-Mark, die meine Mutter dringend als Unterstützung für die Familie benötigt hat.

Zwischenzeitlich gefiel einem Kommunisten unsere Doppelhaushälfte in einer Siedlung so gut, dass wir ausziehen mussten, um für die Familie dieses Herrn Platz zu machen. Das neue Domizil befand sich auf einem Bauernhof im Nebengebäude über einem Kuhstall. Inzwischen war die Großmutter verstorben und der Großvater lebte mit der Familie zusammen.

Ich hatte einen durchaus ordentlichen Grundschulabschluss und nach Beendigung meiner Lehre also auch einen Gesellenbrief als Schlosser.

Der Vater wurde noch immer - und zwar bis 1952 - von den Amerikanern in Darmstadt festgehalten. Das waren von Kriegsende an gerechnet ganze sieben Jahre. Es waren die Jahre, als ich zwischen zehn und siebzehn Jahren alt gewesen bin. Wann im Leben benötigt ein Junge seinen Vater mehr, als in diesem Alter?

Nach Abschluss der Lehre 1952 wollte ich 1953 doch noch ein Studium an der Ingenieurschule für Werkzeugmaschinenbau in Chemnitz beginnen, weil mir zunächst ein Stipendium zugesagt wurde. Dann bekam ich die Nachricht, dass, wegen der nationalsozialistischen Vergangenheit meines Vaters, ein anderer Anwärter auf den Studienplatz bevorzugt wird.

Nun hatte ich vom DDR-Regime endgültig genug. Weil gleichzeitig der Vater in Darmstadt frei kam und der Familie erklärte, dass er niemals in die DDR kommt, weil dort sofort wieder Schwierigkeiten zu erwarten waren, wurde beschlossen, dass zunächst ich aus der DDR zu meinem Vater, der nach seiner Entlassung in Wiesbaden lebte, übersiedeln, sprich flüchten, und der Rest der Familie später nachkommen sollte.

Gesagt, getan. In Leipzig eine Bahnfahrkarte nach Rostock gekauft und den Kontrolleuren in Berlin–Schönefeld erklärt, dass ich eine Arbeitsstelle auf einer Werft in Warnemünde antrete. Das war absolut überzeugend, hinderte mich aber keineswegs daran in Berlin auszusteigen, und per S-Bahn - das war zu der Zeit noch möglich, die Mauer entstand erst Jahre später – nach Westberlin zu fahren.

Ich meldete mich im Auffanglager in der Kuno-Fischer-Straße in Berlin – Charlottenburg. Dort machte ich mich in der Verwaltung nützlich, indem ich für die Lagerleiterin mit einem zur Verfügung gestellten Dienstrad Besorgungen erledigt habe. Mit dem Ergebnis, dass ich schon drei Wochen später nach Hannover ausfliegen konnte, weil jemand mit längerer Anwartschaft aus Krankheitsgründen ausgefallen war. Nachdem ich von Hannover mit dem Zug nach Wiesbaden weitergereist war, sah ich nach gut acht Jahren meinen Vater wieder.

Vorrangige Aufgabe war es nun eine Arbeitsstelle zu finden. Da spielte das Glück eine entscheidende Rolle. Ich lernte einen Menschen kennen, dem ich viel zu verdanken habe, was meinen späteren Berufsweg betrifft. In einer Maschinenfabrik, Abteilung Stahlbau, wurde ich, nachdem ich mich in der Personalabteilung angemeldet hatte, von einem Meister empfangen. Außer nach den in fachlicher Hinsicht erforderlichen Unterlagen und Informationen, erkundigte sich dieser Herr auch nach meinen Familienverhältnissen. Ich erzählte wahrheitsgemäß wo ich herkomme und ebenso alles über die Familienverhältnisse und demzufolge auch über die SS-Zugehörigkeit meines Vaters. Von diesem Moment an hatte ich zwei Väter, denn dieser Herr, Wilhelm Hemberger, war im dritten Reich Bannführer der HJ in Hessen – Nassau gewesen, und fortan väterlicher Freund und Förderer für mich. Die Einstellung als Schlosser und Anreißer war nach dem Gespräch reine Formsache.

Im Zuge der damals möglichen Familienzusammenführung konnte meine Mutter 1954 mit meinen beiden Geschwistern und dem Großvater mit einem Eisenbahnwaggon voller Möbel aus der DDR in die Bundesrepublik ausreisen. Das wiederum war nur möglich, weil der Bürgermeister von Magdeborn meine vorhergegangene Flucht aus der DDR in den Ausreisepapieren verschwiegen hat.

Menschliche Züge also nicht nur bei Nationalsozialisten, sondern auch bei Kommunisten. Irgendwie war das beruhigend zu erfahren.

Die gesamten Anstrengungen sämtlicher Familienmitglieder sich aneinander zu gewöhnen verpufften, weil unsere Eltern sich etwa 10 Jahre überhaupt nicht, und die fünf Jahre davor nur im Urlaub des Vaters gesehen hatten. Demzufolge hatten sie nichts mehr Gemeinsames und ließen sich zum Entsetzen von uns Kindern scheiden. Dabei muss man wissen, dass meine Schwester, damals neun Jahre alt, 1945 geboren, ihren Vater bis 1954 überhaupt noch nie gesehen hatte, und mein Bruder, 1941 geboren, nur vielleicht viermal als Kleinkind den Vater in dessen Urlaub zu sehen bekommen hat.

Für mich brach eine Welt zusammen. Hatte ich doch gehofft, dass wir wieder eine richtige Familie werden würden. Denn in den drei Jahren, vom dritten bis zum sechsten Lebensjahr, hatte ich, nachdem ich gehen konnte, mit meinen Eltern zusammen eine erstrebenswerte Kindheit und hätte eine solch harmonisch verlaufende Zeit auch meinen Geschwistern gewünscht, wenn auch Jahre später.

Selbstverständlich schlugen meine Geschwister und ich uns auf die Seite der Mutter, die sich in den schwierigen Nachkriegsjahren regelrecht für die Familie aufgearbeitet hatte und wenige Jahre später viel zu früh gestorben ist, kurz nach dem Tod des Großvaters.

4. Vom Grundschüler über Lehrling, Geselle und Meister zum Ingenieur

(Und alles ohne Abitur und Studium)

Mein Berufsweg wurde, was die Anfangsjahre betrifft, bereits beleuchtet. Mit dem Abschlusszeugnis der Grundschule und dem Gesellenbrief als Schlosser kam ich 1953 als Achtzehnjähriger in die Bundesrepublik nach Wiesbaden. Eine Anstellung als Schlosser und Anreißer hatte ich dank meinem neuen väterlichen Freund sehr bald. Dieser sorgte mit Nachdruck auch dafür, dass ich, sobald ich das Alter dafür hatte, meine Meisterprüfung im Schlosserhandwerk vor der Handwerkskammer Wiesbaden ablegte. Gleichzeitig wurde ich als stellvertretender Meister eingesetzt.

Nachdem damit die praktische Ausbildung abgeschlossen war, verspürte ich den Wunsch, in das Technische Büro der Firma zu wechseln, und dort als Technischer Zeichner anzufangen, obwohl ich das nie gelernt hatte und nur auf die wenigen Übungen in der Berufsschule zurückgreifen konnte.

Wie das so ist als Anfänger, musste ich zunächst den alteingesessenen Ingenieuren zuarbeiten. Dann kam jedoch der Tag, an dem ich ein leeres Blatt auf dem Zeichenbrett hatte und also selbst etwas konstruieren durfte. Von da an ging es steil bergauf. Bereits nach zwei Jahren wurde ich Gruppenleiter im Technischen Büro und beschäftigte in meiner Gruppe einen Ingenieur und zwei gelernte

Technische Zeichner. Durch diese Tätigkeit bekam ich über die notwendige technische Klärung erste Kundenkontakte, die meinen weiteren Berufsweg wesentlich beeinflussten. Ich entdeckte meine Vertriebsneigungen und auch -fähigkeiten. Technischer Vertrieb, das wäre es, dachte ich mir, und wechselte zu einem Nürnberger Stahlbauunternehmen als Außendienst-Mitarbeiter in Südbayern. Dort habe ich offensichtlich erfolgreich gewirkt, denn etwa zwei Jahre später wurde ich als Bereichsleiter Vertrieb in das Nürnberger Stammhaus berufen.

Dort erwarteten mich höchst anspruchsvolle Aufgaben, die ich offensichtlich so gut bewältigte, dass mich das Unternehmen zum Ingenieur ernannte. Über das Regierungspräsidium wurde diese Ernennung mit allen Unterlagen der Regierung Mittelfranken eingereicht und von dort bestätigt.

Das ich das ohne Abitur und Studium geschafft hatte, war damals für mich schon eine tolle Sache!

Es war im Wesentlichen auf meine Initiative zurückzuführen, dass das Nürnberger Stahlbauunternehmen später nicht nur die Stahlkonstruktion einer Halle als Auftrag übernahm, sondern auch die Erstellung von Dach und Fassade dazu.
Dadurch lernte ich den Niederlassungsleiter München einer Tochtergesellschaft des größten deutschen Stahlkonzerns kennen.

Dieses Unternehmen stellte Bauelemente für Dach und Fassade her und belieferte damit auch den Nürnberger Stahlbauer.

Wie das so geht im Leben, bekam ich zwei Jahre später das Angebot, als Abteilungsleiter Bauelemente in der Niederlassung München in dieses Unternehmen einzutreten. Ein deutlich höheres Einkommen und der Reiz in der heimlichen Hauptstadt München leben zu dürfen, machte die Entscheidung leicht.

Was hatte ich bis dahin beruflich erreicht? Eine abgeschlossene praktische Ausbildung war die Basis für alles was danach kam. Konstruktive Arbeiten im Stahlbau konnte ich nachweisen und Erfahrung im technischen Vertrieb von Stahlkonstruktionen, in letzter Zeit ergänzt durch Dach und Fassade.

Der Niederlassungsleiter in diesem Unternehmen, – später ein guter Freund - brachte mir diese Branche näher und weihte mich in die Geheimnisse des Bauens mit Bauelementen aus oberflächenveredeltem Feinblech ein. Bedeutende Bauvorhaben, wie Dächer und Fassaden für Hallenbauten der olympischen Sportstätten und viele andere Objekte machten die Arbeit in München interessant. Nach sechs Jahren machte man mir das Angebot, als Niederlassungsleiter dieses Unternehmens nach Baden-Württemberg zu wechseln.

Weil der gesamte Wettbewerb seine Niederlassungen in der Landeshauptstadt Stuttgart hatte, habe ich zur Bedingung gemacht, unsere Niederlassung in Karlsruhe etablieren zu dürfen. Das wurde mir genehmigt. Taktisch ein kluger Schachzug, denn kaum ein potentieller Kunde aus Baden hat bei Bedarf noch in Stuttgart angerufen, und so konnte ich die gesteckten Ziele nicht nur erreichen, sondern deutlich übertreffen.

In jener Zeit wurden von mir die Irak-Geschäfte realisiert, die in einem andern Kapitel beschrieben sind. Den Ehrgeiz auch einmal international agieren zu können hatte ich schon immer.

Irgendwann wollte ich noch einmal eine andere Aufgabe übernehmen, als das reine Liefergeschäft zu betreiben, und wechselte als Bereichsleiter zu einem Karlsruher Stahlbauunternehmen, welches im Komplett-Hallenbau durchaus einen guten Namen hatte. Der Wechsel stellte sich als Flop heraus und das Unternehmen stellte wenige Zeit nach meinem Ausscheiden Antrag auf Insolvenz.

Nach einer durchaus befriedigenden Station über mehrere Jahre als Prokurist und Vertriebsleiter bei einem konzerngebundenen Unternehmen in Kehl, welches Bauelemente aus französischer Herstellung bundesweit verkaufte, habe ich dann wohl meine ideale Position gefunden.

Der deutsche Stahlkonzern, dem ich schon einige Jahre angehört hatte, gründete ein neues Unternehmen, welches Montageaufträge für Dach und Fassade übernehmen sollte, um über diesen Weg möglichst die Produkte aus dem Konzern am Markt abzusetzen.

Ich wurde Niederlassungsleiter dieses Unternehmens mit Sitz in Mannheim. Als solcher realisierten meine Mitarbeiter und ich als Verantwortlicher höchst interessante Bauvorhaben.

So war ich beispielsweise neben meiner Aufgabe als Niederlassungsleiter für ein riesiges Bauvorhaben der Meyerwerft in Papenburg als Technischer Geschäftsführer einer Arbeitsgemeinschaft für Dach und Fassade tätig, mit einem Auftragsvolumen im deutlich zweistelligen Millionenbereich, und ebenso für ein Objekt der Schwestergesellschaft dieser Werft in Rostock-Warnemünde, wo ich als Projektleiter für Dach und Fassade fungierte.

Da hat mich die Vergangenheit eingeholt. Hatte ich nicht bei meiner Flucht aus der DDR den Kontrolleuren in Berlin-Schönefeld das Märchen aufgebunden, eine Arbeitsstelle in einer Werft in Rostock-Warnemünde anzutreten? Daran habe ich bei den Arbeiten auf der Neptun-Werft öfter denken müssen. Auch die neun Monate in Warnemünde bleiben mir in bester Erinnerung – der „Alte Hafen" hat was!

Der Konzern, in dessen Tochtergesellschaft ich tätig war, beabsichtigte mit einem japanischen Konzern auf dem Gebiet der Photovoltaik zu kooperieren.

Dieses japanische Unternehmen wollte sämtliche Dächer seines neuen Hauptquartiers im südenglischen Reigate mit amorpher Photovoltaik bestücken. Es wurde im Konzern jemand gesucht, der sowohl in konstruktiver als auch in montagetechnischer Hinsicht für die Realisierung geeignet war und zudem auch noch ausreichend die englische Sprache beherrschte. Ich wurde auserkoren, diese Aufgabe zu übernehmen.

Obwohl ich niemals Englisch gelernt habe, weil zu meiner Schulzeit in der DDR eher Russisch gelehrt wurde, hat es sich bezahlt gemacht, dass ich mir ausreichende Sprachkenntnisse selbst beigebracht hatte.

Der Start in England gestaltete sich schwierig. In der ersten Besprechung vor Ort saßen mir ein Mitarbeiter des japanischen Konzerns und sieben Engländer gegenüber. Sechs Mitarbeiter des englischen Generalunternehmers und der Architekt. Außer dem Japaner begrüßten mich die anderen Herren sehr reserviert und hatten wohl überhaupt kein Verständnis dafür, dass diesen Part ein deutsches Unternehmen spielen sollte.

Zur Vorbereitung auf diese Besprechung hatte ich mir aber die Zeichnungen des Architekten, die mir vorab per Post zugestellt wurden, genau angeschaut und dabei festgestellt, dass sich darin ein gravierender Fehler eingeschlichen hatte. In einer Kaffeepause habe ich diesen Fehler dem Architekten unter vier Augen aufgezeigt, und weil Engländer ein ausgeprägtes Gefühl für Fairness haben, hatte ich ab sofort einen mir wohlgesonnenen Gesprächspartner in der Runde. Als die anderen Herren so nach und nach begriffen, dass David Richmond – so hieß der Architekt aus London – sehr wohl eine Zusammenarbeit mit mir akzeptierte, bröckelte das Eis mehr und mehr.

Mit Fairness und Kooperation anstatt Konfrontation kommt man halt überall weiter.

Am Ende hatten wir alle miteinander ein prächtiges Verhältnis, dass sich nicht nur in der weiteren Zusammenarbeit bemerkbar machte, sondern darin gipfelte, dass mich der Generalunternehmer zu einem Fußballspiel der ersten englischen Liga in das Stadion an der White - Hard - Lane im Londoner Nordosten bei den Tottenham Hotspurs im Stadtderby gegen Westham eingeladen hat. Es war übrigens das erste Spiel, welches der Deutsche Steffen Freund für die Spurs bestritten hat. Ein Verein übrigens, für den auch Jürgen Klinsmann seine Tore geschossen hat.

Diese und andere interessante Aufgaben hatte ich bis zu meinem 67. Lebensjahr zu erfüllen. Dann teilte mir der Geschäftsführer der Tochtergesellschaft des Konzerns, – mit dem ich übrigens noch heute befreundet bin – in einem Telefongespräches mit, dass auf Drängen des Betriebsrates eine Weiterbeschäftigung über dieses Alter hinaus nicht mehr möglich sei. Gleichzeitig wurde mir eine weitere Zusammenarbeit auf freiberuflicher Basis angeboten, und so gründete ich ein Ingenieurbüro für Dach- und Fassadenkonstruktionen (Beratung, Planung, Bauleitung) welches ich allein betreibe, um zukünftig weiter für den Konzern, aber auch für andere Interessenten tätig sein zu können.
Eine solche Entscheidung im Alter von 67 Jahren zu treffen, ist sicher ungewöhnlich, aber sie hat sich als absolut richtig erwiesen.

Auch wurde ich zu dieser Zeit zum Sachverständigen und Qualitätsprüfer der Mitgliedsfirmen im Industrieverband für Bausysteme im Metallleichtbau (IFBS) mit Sitz in Düsseldorf berufen.

Den Schritt vom Stahlbau in den Bereich Dach und Fassade im Industriebau habe ich übrigens nie bereut, brachte er mir doch 40 Jahre erfülltes Berufsleben und darüber hinaus Kenntnisse, die ich im Stahlbau allein nie hätte erwerben können.

Neben, wie im Stahlbau auf dem Gebiet Statik und Konstruktion, erwarb man in dieser Branche doch Kenntnisse in Bauphysik, die im Zeitalter von Energieeinsparung immer wichtiger werden, Akustik (Schalldämmung und Schallabsorption), Farbgebung sprich Architektur (sehr abhängig von den am Markt vorhandenen Produktionsmöglichkeiten und Lieferangeboten) und ebenso auf dem Gebiet der Dachabdichtung und Entwässerung, und was ganz wichtig ist, Kenntnisse über die Montage dieser Gewerke.

Auch hat es in den 40 Jahren meiner Tätigkeit in dieser Branche im Stahlbau immer wieder Zeiten von Rezession gegeben, und viele haben in Stahlbaufirmen – wenn auch manchmal nur temporär – ihren Arbeitsplatz verloren.

Im Bereich Dach und Fassade gab es dagegen stets die Möglichkeit sich auf Sanierungen zu konzentrieren und so die Konjunkturdelle abzufedern, was im reinen Stahlbau so nicht möglich war, weil dieser überwiegend auf Neubauten fokussiert ist.

Meinen jungen Kollegen und Studienabgängern kann ich nur empfehlen, den Bereich Dach und Fassade im Industriebau im Auge zu behalten, wenn es darum geht, sich, aus welchen Gründen auch immer, einen Arbeitsplatz suchen zu müssen.

Sowohl die Hersteller solcher Produkte, wie auch die am Markt aktiven Montageunternehmen sind an qualifizierten Mitarbeitern nach wie vor interessiert.

5. SDR – WDR

(Zwei unterschiedliche Rundfunkanstalten – zwei ebensolche Erinnerungen)

Die Wiesbadener Firma, für die ich tätig war, hatte neben der Abteilung Stahlbau unter anderem auch eine Abteilung Theaterbau. Das häufig vorkommende Zusammenwirken von Stahl- und Theaterbau führte zu höchst interessanten beruflichen Aufgaben.

Die Römer und die Griechen bauten ihre Theater aus Stein. In unserer Zeit sind Theater in technischer Hinsicht perfekt ausgestattet, und jemand wie ich, der sehr wohl weiß, was hinter dem Vorhang stattfindet, fühlt sich gelegentlich seiner Illusionen beraubt.

Nachdem ich im Zuge meiner praktischen Tätigkeit in der Werkstatt mitgeholfen hatte, die Drehbühne der Wiener Staatsoper zu bauen, habe ich im technischen Büro ebenfalls in diesem Metier mitgewirkt, wie zum Beispiel bei der Planung der Dachkonstruktion des Bühnenhauses mit Schnür- und Rollenboden für das Nationaltheater in München.

Über diese Abteilung Theaterbau ergab sich zu jener Zeit ein neues Betätigungsfeld, nämlich der Fernsehstudiobau.

Für den ersten Auftrag dieser Art vom SDR in Stuttgart wurde ich als Projektleiter eingesetzt. Das heißt, ich war nicht nur für die Planung, sondern auch für die kaufmännische Auftragsabwicklung und ebenso auch für die Montageleistungen vor Ort verantwortlich.

Der Auftragsumfang beinhaltete den Einbau der aufklappbaren Beleuchterböden mit den Laufschienen für die Teleskopzüge und die Teleskope für die unterirdischen Fernsehstudios der Villa Berg. Nur die Scheinwerfer wurden vom SDR beigestellt.

In jener Zeit habe ich meine Mittagspause natürlich im Kasino des SDR verbracht. Eines Tages war ich völlig perplex, saß doch tatsächlich die große Schauspielerin Lilly Palmer mutterseelenallein an einem Tisch.

Mehr oder weniger spontan ging ich auf sie zu, und mit den Worten: „Gnädige Frau, gestatten Sie, dass ich an ihrem Tisch Platz nehme?", sprach ich sie an.
Wenn sie das „Gnädige" weglassen, sind sie herzlich willkommen, antwortete mir Frau Palmer.
Diese Frau, die 1961 geschätzt vielleicht Mitte Vierzig gewesen ist, war nicht nur im Film eine Wucht, nein, sie war auch im persönlichen Gespräch eine faszinierende Erscheinung, und hat mit ihrem Charme, den sie mit einer gehörigen Portion Schalk vorzüglich zu kombinieren wusste, locker zwei Zwanzigjährige in die Tasche gesteckt.

Das Ende vom Lied war, dass wir beide unsere Mittagspause deutlich überzogen hatten, und wenn nicht der Hauptabteilungsleiter des SDR, Herr Dr. Eberhardt, gekommen wäre, und mich an die Baustelle entführt hätte, wären wir wohl noch länger sitzen geblieben. Vergessen werde ich die Begegnung mit dieser faszinierenden Frau jedenfalls nie.

Nach Fertigstellung der Arbeiten beim SDR in Stuttgart wurde ich quasi direkt nach Köln zum WDR weitergereicht. Der Westdeutsche Rundfunk hatte im Zentrum von Köln ein Kino gekauft und dieses sollte zu einem Fernsehstudio umgebaut werden. Es standen dieselben Arbeiten an, wie beim SDR in Stuttgart ausgeführt.

Um die Bedürfnisse und Wünsche des WDR im Planungsstadium voll übernehmen zu können, hatte ich immer dann, wenn ich in Köln war, einen Arbeitsplatz mit einem Zeichenbrett innerhalb der Planungsabteilung des WDR zu meiner Verfügung.
Vor Beginn meiner Arbeiten übergab mir der Abteilungsleiter des WDR, Herr Seidel, einen Ordner voll Papier. Der WDR hatte ein Ingenieurbüro beauftragt, die Stahlkonstruktion des Gebäudes vollständig auszumessen, damit sämtliche am Umbau beteiligten Firmen ordentliche Arbeitsunterlagen zur Verfügung hatten.

Sicher ein grundsätzlich lobenswerter Vorsatz. Nur die Ergebnisse waren für jemand der sich im Stahlbau auskennt unerklärlich, weil Stahlkonstruktionen generell einen engen Toleranzbereich aufweisen, und solche differenten Ergebnisse nie und nimmer hätten zustande kommen dürfen.

Dann habe ich eigene Aktivitäten entwickelt und zunächst in der Immobilienabteilung des WDR hinterfragt, von wem der WDR das Kino gekauft hat. Von einem

Herrn aus Rodenkirchen bei Köln bekam ich zur Antwort.

Danach habe ich diesen Herrn, der damals sicher schon ein älteres Semester war, angerufen, mich vorgestellt und gefragt, welche Firma in welchem Jahr die Stahlkonstruktion dieses Kinos erstellt hat. Wenn ich mich richtig erinnere sagte er mir, dass das Kino 1942 erbaut wurde. Also war es 1961 etwa neunzehn Jahre alt. Ganz sicher ist, dass es von der Firma Stahlbau Liesegang in Köln-Kalk erstellt wurde.

Am nächsten Tag fuhr ich nach Köln-Kalk zur Firma Liesegang. Den Pförtner habe ich gefragt, welche Führungskraft im Hause denn am längsten in der Firma beschäftigt sei. Die lakonische Antwort war: Unser Chef.

Dann stand er mir gegenüber. Ein großer, eleganter Herr mit weißen Haaren, sicherlich schon über das normale Rentenalter hinaus, Herr Liesegang.

Ich stellte mich und meine berufliche Aufgabe vor. Dann sagte ich den für seine Reaktion wohl entscheidenden Satz: „Ich habe die Hoffnung dass in ihrem Archiv die Zeichnungen dieses Kinos noch vorhanden sind, denn in einer gut geführten Stahlbaufirma werden solche Unterlagen sehr lange aufgehoben."

„Na, dann wollen wir doch einmal sehen, ob wir eine gut geführte Stahlbaufirma sind" sprach er und bat mich, mit ihm in den Keller hinabzusteigen, wo das Archiv untergebracht war.

In oberen Bereich von Regalen, die im Übrigen mit Ordnern gefüllt waren, standen eine Unzahl von Papprollen in denen nach einem bestimmten System geordnet die Zeichnungen archiviert waren.

Es hat keine fünf Minuten gedauert, jubelte Herr Liesegang: „Ich hab sie!" Tatsächlich waren sämtliche Pläne über die Stahlkonstruktion des besagten Kinos vorhanden.

„Kann ich bitte - natürlich gegen Bezahlung – einen Satz Lichtpausen davon haben" fragte ich. Selbstverständlich, sagte er, um sofort anzufügen: „Benötigen sie vielleicht auch die statische Berechnung über dieses Objekt?"

Das war sogar enorm wichtig, konnten wir doch anhand dieser Unterlagen problemlos überprüfen, ob die Zusatzlasten, die wir durch unsere Konstruktion verursacht hatten, ohne Verstärkungsarbeiten von der bestehenden Konstruktion aufgenommen werden konnten. In der gleichen Geschwindigkeit, wie er die Zeichnungen fand, griff er zielsicher nach einem Ordner, in dem sich unter anderem auch die statische Berechnung über dieses Objekt befand.

Herr Liesegang rief eine Dame zu sich, übergab ihr die Pläne und die Berechnung zur Vervielfältigung für mich.

Dann meinte er: „So, junger Mann, nachdem sie so viel Vertrauen in unsere Registratur gesetzt haben, trinken wir beide einen Kognak."

In der Besucherecke seines Büros standen Sessel von einer ungeheuren Dimension. Ich verschwand förmlich darin, und der Kognak, den er einschenkte, passte sich im Verhältnis dieser Dimension an. Er war auf jeden Fall mehrstöckig.

Nach dem ersten Schluck steigerte Herr Liesegang sein Angebot, indem er mir eine von seinen sicher sehr guten Zigarren anbot. Höflich, wie ich bin, habe ich mir nicht getraut, dieses Angebot abzulehnen, obwohl ich zu jener Zeit absoluter Nichtraucher, weil aktiver Fußballspieler, gewesen bin.

Nachdem sich bei mir der Eindruck verstärkte, dass mir über kurz oder lang speiübel werden würde, drängte ich unter irgendeinem fadenscheinigen Vorwand zum Aufbruch.

Ich muss wohl Herrn Liesegang schon sehr sympathisch gewesen sein, denn er sagte, als ich die für mich kopierten Unterlagen bezahlen wollte:
„Junger Mann, wer soviel Vertrauen in meine Registratur hat wie sie, dem schenke ich die Unterlagen."
Mit allen guten Wünschen für meine berufliche Aufgabe beim WDR verabschiedete mich Herr Liesegang schließlich.

Zurück beim WDR hing ich die erhaltenen Zeichnungen an meinem Arbeitsplatz an die Wand, um sie als Grundlage für meine konstruktiven Arbeiten zu verwenden. Kaum war das geschehen, kam der Abteilungsleiter der Planungsabteilung des WDR zur Tür herein, sah die Pläne, wurde leichenblass und fragte: „Wo haben sie die denn her?"

Ich erzählte im den kompletten Hergang wie er sich abgespielt hat.

„Packen sie sofort die Zeichnungen ein. Die darf hier niemand zu sehen bekommen. Die dürfen sie nur in Wiesbaden verwenden. Wir haben etwa DM 40.000.- für das Aufmass an den Geometer bezahlt. Wenn das einer sieht, fliege ich hier raus!" war die geradezu entsetzte Reaktion.

So kann es gehen. Mich hat das Ganze nur einen Kognak und eine Zigarre gekostet, was ich beides nicht bezahlen, sondern nur verdauen musste, und ich verspreche auch das Wort Rundfunkgebühren in diesem Zusammenhang nicht in den Mund zu nehmen.

6. DDR – Humor

(Die Sachsen waren da unerreicht)

Auch wenn ich 1953 aus der DDR geflüchtet bin, so bin ich doch bekennender Sachse geblieben. Ich liebe meine Heimat und fahre so oft sich die Möglichkeit bietet nach Sachsen und ebenso auch in die anderen neuen Bundesländer.

Zu Zeiten der DDR habe ich stets die Messe in Leipzig dazu benutzt, Verwandte und Freunde in der DDR zu besuchen, oder an Klassentreffen teilzunehmen. Anfangs war es so, dass man den Bezirk Leipzig mit dem Auto nicht verlassen durfte. Ich hatte aber das Bedürfnis nach Chemnitz zu fahren. Also, blieb nur die Bahn. Zu der Zeit war Chemnitz nicht mehr Chemnitz, sondern in Karl-Marx-Stadt umbenannt worden.
Hass ist für mich eigentlich ein Fremdwort, aber die Erfahrung mit dem DDR-Regime hat mich dazu gebracht, dass ich wirklich alles was kommunistisch oder extrem links daherkommt, hasse.

Mein Inneres sträubte sich dagegen, bei dem netten Herrn am Fahrkartenschalter eine Fahrkarte nach Karl-Marx-Stadt zu ordern.
Es entwickelte sich folgender Dialog:

Ich: „Bitte eine Rückfahrkarte 2. Klasse nach Chemnitz."

Er: „Chemnitz hammer nisch!"

Ich: „Bitte eine Rückfahrkarte 2.Klasse in die Großstadt etwa 100 km südlich."

Er: „Wie heesd'n die?"

Ich: „Chemnitz."

Er: „Chemnitz hammer nisch!"

Ich: „Bitte eine Rückfahrkarte 2. Klasse in die Großstadt am Fuße des Erzgebirges."

Er: „Wie heesd'n die?"

Ich: „Chemnitz."

Er: „Chemnitz hammer nisch!"

Ich: „Bitte eine Rückfahrkarte 2. Klasse in die Stadt, die – als ich dort geboren wurde – Chemnitz hieß."

Er: (geradezu freudestrahlend) „Sooo geed's!"

Und ich bekam tatsächlich meine Fahrkarte, ohne Karl-Marx-Stadt in den Mund nehmen zu müssen.

Eine andere nette Geschichte fällt mir ein, die sich kurz nach der Wende in einem großen Hotel neben dem Hauptbahnhof in Leipzig abgespielt hat.

Nach getaner Arbeit trank ich an der Tagesbar ein Feierabendbier. An der Ecke der Theke saß rechts von mir ein Außendienstmitarbeiter einer Düsseldorfer Firma und neben diesem Herrn hatte sich ein Sachse hingesetzt. Wir kamen ins Gespräch. Nach einer Zeit habe ich den Herrn aus Düsseldorf gefragt, ob er denn mit dem Dialekt der Sachsen klar komme. Er habe überhaupt keine Probleme und er verstehe alles einwandfrei, meinte er.

Darauf der Sachse: „ Das glaube ich Ihnen nicht, aber wir machen einmal die Probe aufs Exempel. Es treffen sich zwei Freunde, die sich lange nicht gesehen haben. Einer stellte seinem Freund eine Frage, deren Antwort sie bitte ins Deutsche übersetzen wollen, denn, wie sie sagten, haben sie ja mit unserem Dialekt keine Probleme."

Die Frage: „Was macht eigentlich dein Sohn?"

Die Antwort: „Den Rungser hawwe ich ähm dorheme de grien Glidscher an Nischel gehauhn, weil er ä Modschegiebschen umgebrachd had, nu sidzder off der Hidsche un diggschd."

Der Herr aus Düsseldorf war der Verzweiflung nahe, und hat wohl in seinem ganzen Leben nie mehr behauptet den sächsischen Dialekt zu verstehen. Nach dem nächsten Bier und nachdem er den Kulturschock einigermaßen verkraftet hatte, habe ich ihm den Satz übersetzt:

„Den Flegel habe ich soeben zuhause die Kartoffelpuffer aus rohen Kartoffeln an den Kopf geworfen, weil er ein Marienkäferchen umgebracht hat, nun sitzt er auf der Fußbank und spielt den Beleidigten."

Es wurde noch ein lustiger Abend – auch ohne sächsischen Dialekt.

Auch in Erinnerung ist mir eine Begebenheit geblieben, die sich im sächsischen Meißen abgespielt hat. Beruflich hatte ich eine Zeit lang immer wieder einmal in Großenhain zu tun.

Zusammen mit Geschäftsfreunden war ich in diesem Zusammenhang öfters in Meißen im historischen Restaurant VINZENZ RICHTER, direkt an der Stadtmauer dieser herrlichen Stadt gelegen. Wir haben dort einige zünftige Herrenabende veranstaltet.

Der Wirt, Gottfried Herrlich, seines Zeichens Schwiegersohn von Vinzenz Richter und gelernter Architekt, ist mir in besonderer Erinnerung geblieben, weil Jahre später folgendes passiert ist: Königin Elizabeth von England war im Oktober1992 zu Besuch in Sachsen beim damaligen Ministerpräsident Kurt Biedenkopf. Dabei zeigte der Ministerpräsident der englischen Königin unter anderem auch die Stadt Meißen und wohl auch das historisch bedeutende Restaurant VINZENZ RICHTER.

Zwei Tage danach war ich allein in Meißen und wollte dort zu Abend essen. Ich betrat das Restaurant, Gottfried Herrlich stand hinter der Theke, sah mich und sagte laut, nein, rief laut in das vollbesetzte Lokal:
„Welch eine Woche! Erst die Königin von England und dann der Müller aus Karlsruhe"

Wenn ich daran denke, ist es mir heute noch peinlich, wie mich die Leute angeguckt, nein, angegafft haben, hatten sie doch wegen dieser Bemerkung von Gottfried Herrlich wohl noch eine Steigerung zur englischen Queen erwartet.

7. Magdeborn

(Wie Einem zumute ist, dessen Heimat es nicht mehr gibt)

Wenn man wie ich seine Kindheit, die Grundschulzeit und die Jugendzeit zwischen dem vierten und dem achtzehnten Lebensjahr an und in einem Ort verbracht hat, dann ist der Ausdruck „Heimat" sicherlich angebracht. Und das etwa 12 km südlich von Leipzig gelegene Magdeborn (Medeburu), übrigens aus dem sorbischen Wort „Med" (Honig) entstanden, war demnach meine Heimat.

Es war im Jahr 1953, als ich die DDR in Richtung Westen verlassen habe. Fünfundzwanzig Jahre später informierte mich eine Schulkameradin, sozusagen meine beste Freundin aus Kindheitstagen, dass sie jetzt in Leipzig wohnt, weil es den Ort Magdeborn nicht mehr gibt. Er war für eine Kohlengrube 1978 von den DDR-Behörden geopfert worden.

Die etwa 3500 Einwohner Magdeborns mit seinen Ortsteilen Dechwitz, Göhren, Sestewitz, Göltzschen und Gruna wurde ausgesiedelt oder suchten sich eigenständig ein neues Zuhause.

Mir wurde geradezu übel bei dem Gedanken, dass es den Ort meiner Kindheit und Jugend nicht mehr geben sollte. Sämtliche alten Bilder habe ich hervorgekramt um mich an diese Zeit zu erinnern, war ich doch immerhin schon ein Vierteljahrhundert aus dieser meiner Heimat weg, wenn auch gelegentlich anlässlich der Leipziger Messe für ein oder zwei Tage zu Besuch.

Die Freunde und Schulkameraden aus jener Zeit wurden in alle Winde verstreut, was sie aber keineswegs daran hinderte, danach an mehr oder weniger oft stattfindenden Klassentreffen teilzunehmen.

Es war wohl die gemeinsam erlebte schwierige Nachkriegszeit, die uns regelrecht zusammengeschweißt hat, neben der Tatsache dass es den Ort Magdeborn nicht mehr gibt, die dafür verantwortlich war, dass im Mai 2009 etwa dreißig 74-Jährige aus den verschiedensten Teilen Deutschlands zu einem Klassentreffen angereist sind, 60 Jahre nach Beendigung der Grundschulzeit.

Im Freizeitpark Güldengossa, sozusagen am Ufer des Sees in dem Magdeborn versunken ist, haben wir zwei wunderschöne Tage voll mit Erinnerungen an unsere Jugendzeit und an den Ort Magdeborn verbracht.

Unsere Heimat hat man uns genommen – die Erinnerungen daran wird man uns niemals nehmen!

8. Bigamist

(Mit Wissen und Billigung der Deutschen Justiz)

Manchmal können Kleinigkeiten Großes bewirken – wie zum Beispiel ein simpler Umzug. Ich hatte die Chance in dem Unternehmen für das ich tätig war, eine Stufe in der Hierarchie voranzukommen. Bedingung war nur, dass ich von München nach Karlsruhe umziehe. In Absprache mit meiner Frau – Kinder waren nicht vorhanden – wurde die Chance wahrgenommen. Meine Frau hatte aber in München eine sehr gute berufliche Stellung aufgeben müssen und kam in der neuen Region nur schlecht zurecht. Es kam zu Zerwürfnissen, die letztlich dazu führten, dass wir uns getrennt haben.

Zu jener Zeit gab es die gesetzliche Regelung, dass eine Scheidung erst nach einem Trennungsjahr erfolgen durfte.

Im Wanderurlaub im schönen Zillertal lernte ich danach im Sommer 1977 eine junge Dame aus Wien kennen und lieben. Wir verstanden uns so gut, dass wir beschlossen, nachdem wir uns nach dem Urlaub getroffen hatten, und meine spätere Frau im November zu mir nach Karlsruhe zog, umgehend nach meinem Trennungsjahr zu heiraten. Mein Scheidungstermin und damit auch das Trennungsjahr verzögerten sich, weil meine erste Frau durch ihren Rechtsvertreter immer wieder Einsprüche vorgebracht hat. Weil sich aber inzwischen Nachwuchs angekündigt hatte, wollten wir umgehend nach Ablauf des Trennungsjahres und einer zusätzlichen Einspruchsfrist von vier Wochen heiraten. Kritisch wäre es geworden, hätte sich die Angelegenheit noch weiter verzögert. Ich hätte nämlich mein eigenes Kind adoptieren müssen, denn es hätte formaljuristisch zur österreichischen Mutter gehört. Um das zu vermeiden, sind meine Frau und ich lange vor den beiden Scheidungsterminen im Juli 1979 zum Notar gegangen, mit der Absicht, dass ich die Vaterschaft für das ungeborene Kind anerkenne.

So einen Fall hatte der Notar wohl überhaupt noch nicht, und er bearbeitete mich eine halbe Stunde lang, ob ich mir denn auch bewusst bin, was ich da unterschreibe. Dabei wollte ich nichts Anderes, als die Dinge zu regeln und meiner schwangeren Frau die innere Ruhe zu geben, die eine Frau in Erwartung eines Kindes haben sollte.

Dann bekam ich endlich vom zuständigen Amtsgericht mein Scheidungsurteil und wenige Tage danach heirateten meine zweite Frau und ich am 12. Oktober 1979.

Beim Nachmittagskaffee mit den Trauzeugen klingelte das Telefon. Mein Anwalt teilte mir mit, dass mit dem Scheidungsurteil etwas nicht stimmc. Es sei am letztmöglichen Tag nach Ablauf des Trennungsjahres und der Einspruchsfrist von meiner ersten Frau Einspruch eingelegt worden, den der zuständige Beamte beim Amtsgericht nicht zur Kenntnis genommen hat. Das Verfahren müsse demnach neu aufgenommen werden.

Nun hatten sie die Rechnung aber ohne den Wirt gemacht, denn meine jetzige Frau, österreichische Staatsbürgerin, lies über meinen Anwalt das Gericht wissen, dass sie die Bundesrepublik Deutschland vor dem Internationalen Gerichtshof in Den Haag verklage, wenn die BRD nicht zu diesem Scheidungsurteil steht.

Jetzt war richtig etwas los. Haben Sie, verehrte Leser, schon einmal an einem 20. Dezember einen Gerichtstermin bekommen? Ich bekam ihn. Der Einspruch meiner ersten Frau, der von der terminlichen Seite her wohl schon wenn nicht als bösartig, so doch als unverständlich bezeichnet werden kann, wurde abgeschmettert, und so wurde meine erste Ehe zum zweiten Mal geschieden. Wenige Tage danach – quasi als Weihnachtsgeschenk – bekam ich dann mein endgültiges Scheidungsurteil zugestellt.

Beim Lesen traf mich schier der Schlag. Schreibt mir doch die Bundesrepublik Deutschland, vertreten durch das Amtsgericht, dass gegen mich kein Verfahren wegen Bigamie eingeleitet wird, weil ich schon ein Jahr von meiner ersten Frau getrennt gelebt habe.

Offensichtlich bedurfte es schon dieses juristischen Drahtseilaktes, um einigermaßen aus dem Dilemma – welches das Amtsgericht selbst verschuldet hatte - heraus zu kommen.

Glücklich bin ich gewesen, als ich das erste Mal das Baby gesehen habe und feststellen konnte, dass es gesund war und solche Probleme wie bei meiner Geburt nicht aufgetreten sind. Später hat dieses Mädchen alle Erwartungen, die Eltern an ein Kind haben können, weit übertroffen und meiner Frau und mir viel Freude bereitet.

9. Neuseeland

(Paradies oder nur Alternative?)

Der Thyssen- Konzern, für den ich tätig war, hatte eine Option auf die Herstellung und den Vertrieb von Dachpfannen aus Stahl nach einem Patent einer neuseeländischen Firma.

Ich wurde beauftragt, zwei Herren aus Neuseeland in Deutschland zu betreuen und mit ihnen nahezu sämtliche Fertighaushersteller in Deutschland zu besuchen, um die Absatzchancen für diese Produkte festzustellen.

Die beiden Herren und ich wurden durch die vielen gemeinsamen Reisen innerhalb Deutschlands Freunde. Interessante Typen waren die Beiden ohnehin. Robert Sinclair (Bob) MacDUFF, der Vertriebsmanager des Unternehmens H. Morris Ltd. und Frank McMullen, der Lehrverleger.

MacDUFF, im Nebenberuf Kanzler vom Social Services Commitee in Devonport, einem Stadtteil von Auckland, und McMullen, ein Beckenbauer des neuseeländischen Rugbys. Als Star der Nationalmannschaft geradezu eine Legende ob seiner ästhetischen Spielweise als Wing (Flügelspieler). Nach Beendigung seiner aktiven Laufbahn war Frank McMullen ein international anerkannter Referee.

Unvorstellbar ist es für mich, dass Bob McDUFF bereits zehn Jahre nach meinem Besuch in Neuseeland im Alter von nur 63 Jahren gestorben ist.
Auch Frank McMullen verstarb 2004 in Whangaparaoa an der Hibiscus Coast im Alter von 71 Jahren leider viel zu früh.

Die beiden Herren überredeten mich, sie doch einmal in Neuseeland zu besuchen. Anlässlich meines bevorstehenden 50. Geburtstages wurde die Reise dann realisiert. Ich feierte mit Frau und Tochter noch das Weihnachtsfest und dann ging es los.

Zweiter Weihnachtsfeiertag, abends. Pünktlich auf die Minute startete der bis auf den letzten Platz besetzte Jumbo der fernöstlichen Fluggesellschaft. Inmitten von überwiegend froh gestimmten Urlaubern konnte ich mich eines gewissen Prickelns nicht erwehren, hatte ich doch seit mehr als einem Jahrzehnt davon geträumt, dieses Land auf der anderen Seite der Erde kennen zu lernen – Neuseeland.

Ein perfekter Service und der Butterfly-Charme der reizenden Stewardessen gestalteten den Flug via Bahrain – Bangkok – zunächst nach Singapore durchaus kurzweilig. Welche Entfernung bei einer Reise nach Neuseeland zurückzulegen ist, wird am ehesten deutlich, betrachtet man die Flugzeit Singapore – Auckland:
Zehneinhalb Stunden nonstop!

In Auckland angekommen, wurde ich von Bob Mac-DUFF und dessen Frau Gail, sowie von Frank McMullen und dessen Frau Gil am Flughafen abgeholt.

Auckland, die größte Stadt Neuseelands, auf der Nordinsel gelegen, ist eine durchaus sympathische Stadt mit einem relativ kleinen Stadtkern, aber mit den beachtlichen Ausmaßen von etwa 35 x 70 km.
Diese Größe – außerhalb der City stehen fast nur Einfamilienhäuser – führt zu erheblichen infrastrukturellen Problemen. Dafür leben die 840.000 Einwohner dieser Region mitten in einem Paradies für Wassersportler. Gleichgültig ob Groß- oder Kleinverdiener, ein Haus, ein Auto und ein Segelboot besitzt nahezu ein jeder Neuseeländer, und es fällt schwer, denjenigen, der ein kleines Haus, ein kleines Auto und ein kleines Segelboot sein eigen nennt, als arm zu bezeichnen. Richtige Armut ist mir eigentlich nirgendwo begegnet, wohl aber sehr einfache Verhältnisse.

Das Klima in dieser Jahreszeit ist für unsereins durchaus angenehm. Vierundzwanzig Grad betrug die Lufttemperatur und das Wasser war nur vier Grad kälter – alles gemessen am vorletzten Tag des Jahres. Die maximalen Temperaturen erreichen im Sommer (Dezember bis März) etwa neunundzwanzig Grad, und im Winter wird es kaum kälter als plus vierzehn Grad. Entsprechend leicht sind die Häuser gebaut, und auch die Kosten für Winterbekleidung nach unserem Verständnis entstehen den Neuseeländern nicht.

Urlaubern, die beabsichtigen Neuseeland mit dem Wohnmobil zu erkunden, kann man die Zeit nach dem 15. Januar empfehlen. Bis dahin benötigen die Neuseeländer ihre Wohnmobile selbst. Sie machen Urlaub, von Weihnachten an, zumeist drei Wochen.

In Neuseeland lebten 1985 etwa 3,1 Millionen Einwohner, darunter ungefähr 280000 Maoris. (Heute beträgt die Einwohnerzahle ca. 4 Millionen) Die Geschichte des Landes und auch seiner polynesischen Ureinwohner zeigt eine ständige Ausstellung im War Memorial Museum in Auckland. Ein Besuch lohnt sich – wie ich feststellen konnte – sehr.

Kein Problem war es für mich am Vormittag des 31.12. in Auckland eine achttägige Rundreise über die Südinsel zu buchen, dabei begann die Tour am Neujahrstag.

Der freundliche Herr im Touristop Tourist Services im Downtown Airline Terminal sprach sogar ein vorzügliches Deutsch, und es gelang ihm auch, weil das Büro der Mount-Cook-Line an diesem Tag geschlossen war, eine junge Dame aufzutreiben, die die erforderlichen Tickets ausstellte.

Mount – Cook – Line ist ein inländischer Reiseveranstalter mit eigenen Flugzeugen, prächtigen Überlandbussen und ausgezeichneten Vertragshotels.

Am Abend hatte ich noch Gelegenheit an zwei Silvesterpartys teilzunehmen. Bis zweiundzwanzig Uhr mit vierzig Personen und danach bis zwei Uhr früh mit zwanzig anderen – sämtlich Neuseeländer.

In dieser Nacht stellte ich mir erstmals die Frage, ob ich in diesem Land leben könnte und auch möchte. Da war der Beweis, dass die Neuseeländer neben den Belgiern und den Deutschen die bedeutendsten Biertrinker dieser Erde sind, noch relativ harmlos, wenn auch solche Statistiken verschweigen, dass sie dafür nur die halbe Zeit benötigen – verglichen mit uns.

Es ist wohl sicher auch nicht jedermanns Sache, Weihnachten und Sylvester in Shorts auf einer Gartenparty zu feiern, und zwar so, dass die Männer in kürzester Zeit einen gepflegten Rausch liebkosen und die holden Angetrauten ihre Warte-nur-morgen-früh-Gesichter zur Verschönerung des Abends in die Diskussion einbringen. Die Verhaltensweisen der Frauen beweisen, dass dieses Land einen erheblichen Männerüberschuss aufweist. Mit anderen Worten: Jedem jungen Europäer, der beabsichtigt dorthin auszuwandern, sei empfohlen, sich seinen Schatz spätestens beim letzten Flugstopp in Singapore zu suchen und erst dann die Reise fortzusetzen.
Natürlich gibt es unter den jungen Neuseeländerinnen Ansätze, die zu gewissen Hoffnungen berechtigen. Deren Vorzüge gehen spätestens dann verloren, wenn sie in der femininen Mafia ihren Dienst gegen die Männer antreten müssen.

Die Menschen in Neuseeland leben offensichtlich sehr einfach.

Essen, Trinken, Schlafen, Segeln, Surfen, dazu so viel Arbeit wie notwendig, aber so wenig wie möglich und eine gehörige Portion Nichtstun bestimmen das Leben.

Für einen unsteten, vom pulsierenden Europa geprägten Zeitgenossen wie mir, einfach zu wenig, um auf Dauer in diesem Land leben zu können, vor allem, wenn man auch noch ein Minimum an kulturellen Möglichkeiten wahrnehmen möchte. Nach dem Kino kommt in diesem Land nicht mehr viel.

Ein wenig mehr als eine Stunde betrug die Flugzeit mit der Air New Zealand am ersten Januar von Auckland nach Christchurch auf die Südinsel.
Diese Südinsel, auf der etwa eine Million Einwohner lebten, ist geradezu ein Urlaubsparadies. Eine Landschaft wie die Schweiz, nur den Pazifik drum herum muss man sich zusätzlich vorstellen. Herrliche Sandstrände, grüne Vorgebirgslandschaften, gewaltige von ewigen Schnee bedeckte Gebirgsriesen, wundervolle bis zu einhundert Kilometer lange unendlich saubere Gebirgsseen, Fjorde im Südwesten der Insel und Schafe, Schafe, Schafe, ...

Mir blieb noch Zeit, die Innenstadt von Christchurch kennen zu lernen, die sich am Nachmittag und Abend dieses Neujahrstages nahezu leer präsentierte. Christchurch gilt als die englischste Stadt in der Welt außerhalb Englands. Wundervolle Gebäude, vor allem am Cathedral Square (das Postoffice!) und der Hagley Park mit dem integrierten Botanischen Garten haben mich am stärksten beeindruckt.

Am nächsten Morgen begann die Tour der Mount-Cook-Line am Bus-Terminal dieses Reiseveranstalters. Durch die zunächst flache Landschaft Canterburys ging die Busreise über Ashburton, Geraldine in die Gebirgsregionen und zum Lake Tekapo. Weiter über Twizel und den Lindispass nach Arrowtown. Zu empfehlen ist eine Fahrt mit dem Lift oberhalb Arrowtowns auf den Gipfel des Coronet-Peak. Der Ausblick ist umwerfend, und in der Ferne ist der Lake Wakatipu zu sehen, an dessen Ufer das großartige Queenstown geradezu malerisch genau an der Stelle liegt, wo dieser etwa neunzig Kilometer lange Gebirgssee einen rechten Winkel bildet.

Ich zweifle nicht einen Augenblick, dass Queenstown und die Gegend um den Lake Wakapitu zu den eindrucksvollsten Erlebnissen meiner Neuseelandreise gehörten. (Verlegen Sie bitte gedanklich den Bodensee in halber Breite und doppelter Länge nach Garmisch-Partenkirchen und Sie werden meine Empfindungen verstehen.)

Ein ganz besonderes Vergnügen war eine Fahrt mit der „Lady oft the Lake." Die TSS Earnslow ist ein in die Jahre gekommener Schaufelraddampfer, Baujahr 1935 (mein Jahrgang!), und bringt die Touristen von Queenstown zur etwa dreißig Kilometer entfernten Nicholas-Farm und zurück. Zur Ausstattung des Schiffes gehört ein sicher gleichaltriges Klavier, das, mit Seilen festgebunden, dennoch passable Töne zu produzieren imstande war.

Ganz eigenartig wurde es mir zumute, als Neuseeländer, Japaner, Amerikaner, Singapore-Chinesen, Engländer,

Franzosen und ich, als wohl der einzige Deutsche an Bord, die unvergessene Lily Marlen sangen: „Unterneath the lantern by the barrack gate …

Die Frage, was nach diesem zauberhaften Queenstown noch Sehenswertes zu erwarten war, bekam ich beantwortet, als die Reisegesellschaft das nächste Tagesziel erreichte. Den Lake Te Ana-Au mit dem gleichnamigen Ort, im Südwesten der Südinsel gelegen. Die Landschaft ganz anders als in der Region Queenstown, flach bis hügelig.

Eine Attraktion von Te Ana–Au sind die Glühwürmchen-Grotten oder Clow-Worm-Caves, die in etwa 30 Minuten mit dem Schnellboot zu erreichen und nur vom See her zugänglich sind. Besonders empfehlenswert ist die letzte Fahrt, die um zweiundzwanzig Uhr beginnt und gegen Mitternacht endet. Wer dabei nicht sentimental wird, hat diesen Urlaub nicht verdient.

Von Te Ana-Au brachte der Bus die Gruppe am nächsten Morgen zum Milford Sound. Vorbei am Spiegelsee und durch den Homer-Tunnel ging es über kühne Gebirgsstraßen hinab nach Milford Sound, dem Ort, der den gleichen Namen trägt wie das berühmte Fjord, an dessen südöstlichem Ende er liegt. Obligatorisch ist eine Fahrt mit dem Schiff bis hinaus ins offene Meer.

Nicht immer herrscht in dieser Region schönes Wetter, und man muss ein wenig Glück haben, die ganze Pracht dieser Landschaft bei schönem Wetter erleben zu können.

Sämtliche Hotels in denen Station gemacht wurde, überzeugten wegen ihrer Sauberkeit und wegen der Freundlichkeit und der Hilfsbereitschaft ihrer guten Geister, so auch in Te Ana-Au.

Quer über die Südinsel ging die Fahrt am nächsten Tag, der mein Geburtstag war, von Te Ana-Au nach Duniden an der Ostküste. Die 1848 von Schotten gegründete Stadt wird auch das Edinburgh des Südens genannt. Am Nachmittag war noch Zeit und Gelegenheit zum Baden im Pazifischen Ozean. Ein nahezu leerer Strand und attraktive Wellen machten das Ganze zu einem reinen Vergnügen.

Nach dem Baden wurde ich von einem älteren Herrn angesprochen. Zunächst in Englisch und als er erfuhr, dass ich Deutscher bin, sofort in gutem Deutsch. Er war Pole und lebte seit fünfundzwanzig Jahren in Neuseeland, eben in Duniden.

Vor seiner Auswanderung nach Neuseeland hätte er die Chance gehabt, in Böblingen eine Anstellung zu bekommen und also in Deutschland zu bleiben. Dass er das nicht wahrgenommen hat, sei der größte Fehler seines Lebens gewesen.

Auf meine Frage nach dem Warum, kam ein Schwall von Antworten:
Die Neuseeländer seien arbeitsscheu; sie könnten nicht fröhlich sein, musizieren und tanzen; sie kämen nicht am

Wochenende innerhalb der Familien zusammen, und gingen auch nicht in die Kirche.

Die Frauen wollten nur geheiratet werden, um versorgt zu sein und ein Kind zu haben, um dann den Mann aus dem Haus zu kicken.

Darüber hinaus seien die Gesetze so, dass den geschiedenen Männern nur ein Minimum zum Leben bleibt. Deswegen habe er hier auch nicht geheiratet.

Anfangs seien sie vierzig Polen gewesen, die hier lebten. Sie hätten einen Club gegründet, sich gegenseitig Mut gemacht und Unterstützung angedeihen lassen. Inzwischen seien viele Ältere gestorben und die Jungen wären schon halbe Neuseeländer. Für den Rest seines Lebens bliebe bei einer durchaus kargen Rente wenig Grund zu Optimismus.

Als ich mich verabschiedete, liefen ihm die Tränen über sein Gesicht und er sagte: „Grüßen sie mir Europa und sagen sie jedem Landsmann von mir, ich hätte nur den einen Wunsch, in meiner geliebten Heimat Polen sterben zu können." Spätestens seit dieser Begegnung weiß ich, wie einsam ein Mensch sein kann, auch im Paradies.

Im Hotel angekommen, machte ich mich für den Abend frisch und ging gegen neunzehn Uhr, wie verabredet, zum Essen. Da stand doch die gesamte „Viel-Völker-Busgesellschaft" im Speisesaal und sie sangen mit einem Glas Champagner in der Hand:
„Happy Birthday to you!"

Hintergrund war, dass das Ehepaar neben mir im Bus, denen ich gesprächsweise gesagt hatte dass ich an diesem Tag fünfzig Jahre alt werde, nicht dichtgehalten, sondern die Reiseleitung darüber informiert hatte. Nichts, aber auch gar nichts durfte ich an diesem Abend bezahlen.

Bei der Abfahrt am nächsten Morgen, sagte ich schmunzelnd und in Anbetracht des für mich kostenlosen Abends der Reisegesellschaft, dass ich wegen der Zeitverschiebung von zwölf Stunden noch immer Geburtstag hätte. Ein lustiger Japaner brachte es auf den Punkt:

Gratulation again – but no Champagne!

Von Duniden aus fuhren wir entlang der Küste nordwärts über Palmerson in das hübsche Oamaru, dann wieder landeinwärts entlang dem Waitaki–River nach Omarama.

Über Twizel und am Lake Pukaki entlang erreichte der Bus endlich den Nationalpark am Mount Cook. Diese Fleckchen Erde ist ein Paradies für Naturliebhaber. Der 3764 m hohe Mount Cook schaut herab auf eine großartige Landschaft und auf den Ort gleichen Namens. Ein besonderes Erlebnis ist es, fliegt man mit dem Hubschrauber auf den Mount Cook und in das ewige Eis auf den Franz-Josef-Gletscher. Bei guter Sicht kann man über die Westküste hinweg das Meer sehen, aber man muss ein wenig Glück mit dem Wetter haben, nicht immer ist der Gipfel des Mount Cook frei.

Nach einer letzten Übernachtung am Fuße des Gebirgsriesen ging die 1500 km lange Busreise in Christchurch zu Ende, nicht aber das Pauschalarrangement.

Mit einer zweimotorigen Propellermaschine der Mount – Cook – Line flog ich von Christchurch auf der Südinsel nach Roturoa auf die Nordinsel. Roturoa ist das Zentrum der Maoris und im Stadtteil Whakarewarewa pflegen sie ihre Traditionen. Man kann sich dort an Vorführungen polynesischer Tanz- und Gesangsgruppen erfreuen, oder zum Beispiel auch sehr hübsche Schnitzereien erwerben.

Berühmt ist Roturoa außerdem für seine Geysire. Es schäumt und zischt und blubbert, dass es eine wahre Freude ist. Eine weitere Attraktion von Roturoa ist der Freizeitpark „Rainbow and Fairy Springs". Dieser Freizeitpark ist ein Wunderland der Tiere. Selbst das inzwischen rar gewordene Wappentier der Neuseeländer, der Kiwi, ist dort zu besichtigen.

Ein Kiwi hat etwa die Größe eines ausgewachsenen Rebhuhns, besitzt aber keine Flügel. Die Flügel sind im Laufe von Jahrhunderten verkümmert, weil der Kiwi sich nie seiner Flügel bedienen musste, um sich vor anderen Tieren in Sicherheit zu bringen. Es gibt in Neuseeland keine wilden Tiere.

Unweit von Roturoa liegt der Lake Rotoiti. An diesem wunderschönen See hat die englische Königsfamilie ihren neuseeländischen Wohnsitz.

Die Freunde aus Auckland holten mich mit dem PKW dort ab, und nach zwei letzten Tagen in der größten Stadt Neuseelands galt es Abschied zu nehmen.

Ein letzter Blick vom Flugzeug aus auf den Hafen von Auckland, den Waitamata-Harbour. Dieser Hafen ist Anlegeplatz für etwa 250000 Segelboote und wird überspannt von der gewaltigen Harbour-Bridge.

Sechsundzwanzig Stunden Flug, zwölf Stunden Zeitunterschied und etwa vierzig Grad Temperaturdifferenz bereiteten mir nach der Rückkehr an einem 12. Januar erhebliche Probleme, die erst behoben waren, als ich die Wege ums Haus und die Garageneinfahrt von 30 cm Schnee befreit hatte.

Alles in allem gesehen, wäre dieses Neuseeland schon das ideale Urlaubsland für unsereins. Leider kompliziert die lange Flugzeit die Anreise doch erheblich, und außerdem kann man – rechnet man die Flugkosten dazu – für das Geld in unseren Gefilden auch ordentliche Urlaube gestalten.

10. Beirut

(Zweimal in fünf Jahrzehnten)

Ein Wiesbadener Architekturbüro hatte den Planungsauftrag für ein neues Theater in Beirut, und der Auftrag über die Fertigung und Montage der Stahlkonstruktion für das Gebäudedach wurde der Firma erteilt, für
die ich 1960 als Konstrukteur tätig war. Die Angelegenheit war eilig, und so wurde im technischen Büro des
Unternehmens eine SOKO (Sonderkonstruktionsgruppe)
zusammengestellt, der auch ich angehörte.

Die Planungen wurden in kürzester Zeit fertig gestellt
und so konnte das Theater termingerecht gebaut werden.

Nahezu fünfzig Jahre später unternahmen meine Frau
und ich zusammen mit einem befreundeten Ehepaar eine
Kreuzfahrt auf der AIDA cara durch das östliche Mittel-
meer.

Eine Station dieser Reise, mit Start und Ziel Palma de
Mallorca, war die libanesische Hauptstadt Beirut.

Diese herrliche Stadt am östlichen Ende des Mittelmeeres
gelegen, die von 1975 bis 1990 durch die Kriegswirren
nahezu dem Erdboden gleich gemacht worden ist, und
von 1990 bis 2005 wieder aufgebaut wurde, ist ein Erlebnis besonderer Art. Sie wird auch das Paris des Ostens
genannt. Aber, bitte schön, wer kann schon in der franzö-
sischen Hauptstadt morgens oben am Berg Ski laufen,
und nachmittags im Meer baden?

Nach einem organisierten Stadtrundgang am Vormittag dieses Tages, stand der Nachmittag zur freien Verfügung. Also machte ich mich auf die Suche nach „meinem" Theater, zunächst vergeblich.

Schließlich fragte ich einen Mitarbeiter eines Museums – der es altersbedingt hätte wissen können – nach diesem Theater, und bekam gesagt, dass auch dieses Gebäude im Krieg zerstört worden sei.

Traurig, sehr traurig stimmt es mich, wenn ich über die Medien erfahren muss, dass diese großartige, überaus sehenswerte Stadt, in den Jahren nach 2006 wieder der Zerstörung ausgesetzt ist.

Es ist jammerschade, denn Beirut wäre bei einer Flugzeit ähnlich wie bei einem Flug auf die Kanaren und in einer dort friedlichen Welt, ein geradezu prächtiges Urlaubsziel.

11. Wimbledon

(Nicht nur Tennisspieler waren da erfolgreich)

Beruflich hatte ich mehrere Monate im südenglischen Reigate zu tun.

An einem Sonntag beschloss ich, mir in London die Tennisanlage von Wimbledon anzuschauen. Also fuhr ich mit der U-Bahn nach Wimbledon – Park, lief die sehr schöne Park-Avenue entlang, und kam so an eine graue Mauer, etwa 3m hoch, mit einer Stacheldrahtrolle als oberer Abschluss –Wimbledon. Die amerikanischen Goldreserven in Fort Knox können kaum besser gesichert sein, als die Tennisanlage des All England Tennisclubs.

Etwa fünfzig Meter weiter befand sich die erste Öffnung in der Mauer, sprich ein Tor. Völlig unbedarft sprach ich einen uniformierten Wachposten von der Security an. Ich sei aus Deutschland und würde mir sehr gerne einmal die berühmte Tennisanlage von Wimbledon anschauen.

Dass ich nicht sofort erschossen wurde, habe ich wohl nur einem glücklichen Umstand zu verdanken. „No Way!" war die knallharte Antwort auf meine sehr höflich vorgetragene Bitte.

Nun bin ich jemand, der so schnell nicht aufgibt. Also marschierte ich weiter an der grauen Mauer entlang, leicht in einem Bogen bergauf, und kam so in die Nähe des nächsten Tores. Vor diesem stand ein riesiger Sattelschlepper. Ein Mann stand oben und reichte zwei anderen Männern Pakete herunter, die diese auf das Gelände trugen und direkt vor dem Centre-Court stapelten.

Folgerichtig schlich ich mich im Windschatten des LKW – so dass mich die Security nicht sehen konnte – an das Fahrzeug heran. Dem, der obenauf stand, schilderte ich mein Begehren, die Anlage anschauen zu wollen, aber die Security würde das nicht erlauben. Wenn ich aber nun auch ein solches Paket hineintragen würde, hätte ich ja vielleicht eine Chance.
Der Mann auf der Ladefläche des LKW war von dieser Idee begeistert. Sobald die beiden anderen zurück waren, erklärte er ihnen den Sachverhalt und mit einem Schmunzeln nahmen sie mich in die Mitte und gingen mit mir ungestört an der Security vorbei auf das Gelände. Wir legten die Pakete ab, die beiden anderen gingen wieder nach draußen und ich verschwand in den Katakomben des Centre-Courts.

Der heilige Rasen war mit einem Zelt abgedeckt, und erst da ging mir ein Licht auf. Das Ganze passierte gerade einmal acht Tage vor Beginn des Wimbledon-Turniers! Jetzt wurden mir auch die verstärkten Sicherheitskontrollen irgendwie verständlich.
Nachdem ich das Zelt an der Seite leicht angehoben und den teppichgleichen Rasen gestreichelt hatte, spazierte ich über das Gelände und sah mir höchst genüsslich alles an. Ganz im Norden der Anlage sah ich einige Leute Tennis spielen. Bei näherer Betrachtung erkannte ich Stars wie Monica Seles, Mark Phillipousis, Goran Ivanisevic und andere. Die Stars trainierten schon auf der An-

lage. Das war natürlich hoch interessant für mich, weil es auch völlig unerwartet geschah.

Bis gegen Mittag sah ich zu, dann verspürte ich Hunger. Also ging ich in die Spieler – Lounge, genehmigte mir ein Sandwich und eine Cola, und ging anschließend wieder zurück zu den Tennisplätzen – oder besser: Ich wollte zurück. Da ereilte mich, wie ich befürchtete, mein Schicksal. Zwei Leute von der Security kamen direkt auf mich zu. Eine Frau und ein Mann. Als beide noch etwa fünf Meter von mir entfernt waren, fuhr die Frau ihren Zeigefinger in meine Richtung aus – es sah eher aus wie eine Kralle! – und stellte die bedeutungsvolle Frage: „Are you tourist?" (Sind sie Tourist?)
Manchmal hat man aber Glück und im richtigen Moment die richtige Idee. In etwa fünfzig Meter Entfernung sah ich Goran Ivanisevic trainieren und hatte sogleich eine Idee, die ich umgehend realisierte.

Jahre zuvor hatte ich häufig geschäftlich in Jugoslawien zu tun. Als erstes lernte ich von der serbokroatischen Sprache die Zahlen, damit keiner von meinen jugoslawischen Geschäftsfreunden über Geld reden konnte, ohne dass ich das verstehe. So antwortete ich der Dame von der Security in der Form, dass ich einfach in serbokroatisch von eins bis zehn zählte (JEDAN, DVA, TRI, CETRI, PET, SEST, SEDAM, OSAM, DEVET, DESET) und dann lediglich nur den Namen Goran Ivanisevic hinzufügte.

Worauf die Dame purpurrot anlief und eine Entschuldigung stammelte: „Sorry, Sir, to have troubled you." (Entschuldigen Sie, mein Herr, dass ich sie belästigt habe)

So muss das sein, habe ich gedacht, huldvoll mit dem Kopf genickt und also die Entschuldigung angenommen.

Bis gegen 16 Uhr habe ich unbehelligt weiter zugeschaut. Etwa um diese Zeit wurden die Spieler mit einer Art Mini-Car abgeholt und in ihr jeweiliges Hotel gefahren. Nun stand ich allein auf dem Gelände und machte mir durchaus Gedanken darüber, wie ich aus diesem Wimbledon wieder heraus komme.
Letztlich war aber auch das – nach allem, was ich bis dahin erlebt hatte - kein größeres Problem. Ich ging auf das nächst gelegene Tor zu, grüßte die Herren von der Security jovial, und mit den Worten: „I prefer to walk!" (Ich bevorzuge es zu laufen) verließ ich unbehelligt das Gelände.

Man kann wohl verstehen, dass ich an diesem Abend schon ein wenig stolz auf das Erlebte war.

12. Die Meyerwerft in Papenburg
(Nahezu eine Herzensangelegenheit)

Es gibt berufliche Aufgaben, da glaubt man, man stößt an seine Grenzen, was Kenntnisse, Fähigkeiten und Erfahrungen betrifft, oder anders ausgedrückt, eben echte berufliche Herausforderungen.

In eine solche Situation kam ich Anfang 2000 durch einen Kollegen und späteren Freund aus Karlsruher Zeiten, der zwischenzeitlich Technischer Geschäftsführer eines bekannten Stahlbauunternehmens in Plauen im schönen Vogtland war.

Er rief an, und sagte mir, dass das Unternehmen, für das er tätig war, einen bedeutenden Stahlbauauftrag von der Meyerwerft in Papenburg bekommen hat, und er könne sich vorstellen, auch den Zusatzauftrag über die Erstellung von Dach und Fassade zu bekommen und er wolle mir die Ausschreibung über diese Leistungen zuschicken und mich im Übrigen in die Sache einbinden.

Nachdem ich die Ausschreibung über die infrage kommenden Leistungen erhalten und gelesen hatte, war mir klar, dass ich dieses Objekt über drei Vorfertigungshallen mit den Abmessungen von insgesamt 100 x 360 m und einer Höhe von 16 m, sowie einem neuen Dock mit den für mich damals geradezu ungeheuren Ausmaßen von 120m x 390 m bei einer Höhe von 75 m niemals anbieten würde, ohne vorher die Örtlichkeiten zu besichtigen.

Also fuhr ich am 02. April 2000 von Karlsruhe über Frankfurt, Siegen, Dortmund, Münster, Reine, und dann über die B70 – die Emslandautobahn war zu jener Zeit noch nicht fertig - nach Lingen, Meppen und schließlich nach Papenburg und zum Areal der Meyerwerft.

Dort gab es bereits ein mich äußerst beeindruckendes etwa 65 m hohes Dock und auch Vorfertigungshallen geringerer Abmessung als die geplanten.

Als ich mir angesichts des bestehenden 65 m hohen Docks vorstellte, dass das neue Dock – besser die neue Schiffbauhalle – mit 75 m Höhe noch 10 m höher werden sollte, kamen mir erhebliche Bedenken, ob meine Mitarbeiter und ich mit dieser Aufgabe nicht vielleicht doch überfordert wären. Eine gewisse Zuversicht gab mir lediglich die Tatsache, dass ich den Konzern im Rücken hatte, für den ich als Niederlassungsleiter tätig war.

Ich nahm Kontakt auf mit dem beauftragten Architekturbüro Grote und auch zu einem in der Sache verantwortlichen Herrn der Meyerwerft.
Vor allem war ich interessiert zu erfahren, welches Unternehmen die Arbeiten für Dach und Fassade am bestehenden Dock ausgeführt hatte.

Es stellte sich heraus, dass dieses Unternehmen nicht mehr existierte, wohl aber gab es den damals als Projektleiter verantwortlichen Herrn noch, der sich zwischenzeitlich selbständig gemacht hatte und Bauleitungsaufgaben übernommen hat.

Also nahm ich Kontakt auf, mit der Absicht im Auftragsfall diesen Herrn die Bauleitungsaufgaben zu übertragen und damit mir oder besser uns dessen Erfahrungen zunutze zu machen.

Zwischenzeitlich war über die Schiene Plauen der Auftrag trotz starken Mitbewerbern an uns zusammen mit einer Hamburger Firma in Form einer Arbeitsgemeinschaft erteilt worden. Ich wurde Technischer Geschäftsführer dieser ARGE. Kurzfristig danach habe ich mich mit diesem Herrn in Papenburg getroffen, mit der Absicht, den Bauleitungsvertrag mit ihm zu vereinbaren.

Dabei stellte sich heraus, dass der Herr überhaupt nicht beabsichtigte die Bauleitung persönlich zu übernehmen, sondern er wollte mit dieser Aufgabe einen Mitarbeiter betrauen, der von ihm angeleitet und überwacht würde.

An einer solchen Lösung war ich jedoch keineswegs interessiert und habe an diesem Punkt die Gespräche abgebrochen und die Entscheidung getroffen: Ich mache es selbst!

Das wiederum war neben meiner Aufgabe als Niederlassungsleiter in Mannheim nur möglich, weil ich dort einen Stellvertreter hatte, der erstens so in alle meine Aktivitäten eingebunden war, dass er über alle Informationen verfügte, und zweitens von seiner Qualifikation und Integrität her bestens geeignet war. Es genügte, wenn ich etwa im Abstand von vierzehn Tagen freitags anwesend war, meist um administrative Arbeiten zu erledigen.

Bei den weit überdurchschnittlichen Windlasten, die in dieser Region herrschen, und die von der TH Aachen dreißig Jahre rückwirkend ermittelt wurden, erhielt den Auftrag zur Erstellung der Statischen Berechnung von uns das renommierte Darmstädter Ingenieurbüro Prof. Berner & Gruber.

Die Planungsarbeiten wurden von mir persönlich überwacht und auch die Detailabstimmung mit dem Plauener Stahlbauer habe ich selbst übernommen, wie auch sämtliche Materialbestellungen.

Im Januar 2001 begannen die Montagearbeiten vor Ort. Dazu hatten wir als Partner die mir bekannte, äußerst zuverlässige Montagefirma Hasse-Industriemontagen aus Stützerbach im Thüringer Wald engagiert.

Wenn auch viele der Montagearbeiten ähnlich oder gleich waren wie an anderen Bauvorhaben auch, so gab es doch etwas Außergewöhnliches zu lösen. Das war die Montage der Fassadenelemente des neuen Docks, bis in Höhen von 75 m. Oberstes Gebot war die Sicherheit der Monteure.

In Berlin habe ich mich beim Bau eines Hochhauses schlau gemacht, wie man dort die Montage von Fassadenelementen in solchen Höhen bewerkstelligt.

Mastgeführte Arbeitsbühnen hieß die Lösung. Diese gab es bis zu einer Länge von dreißig Metern und man konnte auf diesen Bühnen außer den Monteuren noch Materialien bis zu einem Gewicht von 1,4 Tonnen mitnehmen.

Was bei diesen Objekten von allen beteiligten Firmen und deren Mitarbeitern vor allem in den Jahren 2000 und 2001geleistet wurde verdient allen Respekt.

Nachdem ich im Jahre 2002 mit 67 Jahren aus Altersgründen aus dem Angestelltenverhältnis ausgeschieden bin und eine selbständige Tätigkeit begonnen habe, wurde mir 2007 von der ausführenden Firma Atmos, Riedstadt, der Auftrag über die Planung von Dach und Fassade für die Erweiterung der bestehenden Vorfertigungshallen der Meyerwerft erteilt und 2008 bekam ich vom gleichen Unternehmen den Planungsauftrag erteilt und außerdem die Bauleitung übertragen für die Verlängerung des im Jahr 2000 erstellten Docks um 120 m. Sozusagen als Abschluss einer insgesamt 10-jährigen Tätigkeit – immer wieder einmal - für die Meyerwerft, wurde mir der Planungsauftrag für Dach und Fassade einer neuen etwa 16000 qm großen Vorfertigungshalle erteilt, die bis Juni 2009 fertig zu stellen war. Diese Planung habe ich neben meiner Tätigkeit als Bauleiter für die Dockverlängerung, sozusagen als Freizeitbeschäftigung an den Wochenenden erstellt. Die Arbeiten für die Meyerwerft gehören ganz sicher zu den anspruchsvollsten beruflichen Aufgaben die ich in meinem Berufsleben zu bewältigen hatte, aber sie haben bei mir auch Spuren hinterlassen.
Seit ich gesehen habe, wie Kreuzfahrtschiffe gebaut werden, ist aus mir, der ich immer ein begeisterter Bergwanderer war, ein ebensolcher Kreuzfahrer geworden.

Der in all den Jahren für sämtliche Neubauten von Seiten der Meyerwerft zuständige Ingenieur bedankte sich zum

Abschied für die Zusammenarbeit in den 10 Jahren und überreichte mir ein Schreibtisch-Modell eines Kreuzfahrtschiffes – die Norwegian Jewel – zur Erinnerung an die Zeit gemeinsamer Arbeit.

In diesen zehn Jahren habe ich insgesamt sicherlich zwei Jahre davon in Papenburg gelebt. Ich habe diese hübsche Stadt und die Menschen im Emsland mögen und schätzen gelernt, und Papenburg ist nicht nur eine hübsche, sondern auch eine sympathische Stadt, habe ich doch in zehn Jahren dort nicht ein einziges stationäres oder mobiles Radargerät gesehen. Auch so etwas rundet das positive Bild ab und bleibt dem Besucher in Erinnerung.

13. Israel

(Mit Schuppenflechte kommt man schneller hin)

Vor allem wegen der nationalsozialistischen Vergangenheit meines Vaters wollte ich Israel kennen lernen. Die Menschen, das Land und seine Geschichte.

In jungen Jahren reichten die zur Verfügung stehenden finanziellen Mittel für eine solche Reise nicht aus, und später wurden die Urlaube zumeist nach den Wünschen der Frau geplant und fanden anderswo statt.

Im Alter von zweiundvierzig Jahren wurde ich von Schuppenflechte befallen. Sämtliche Anwendungen in Deutschland verfehlten ihre Wirkung, sodass mir schließlich ein Arzt empfahl, nach Israel zu fahren und am Toten Meer einen wenigstens dreiwöchigen Urlaub zu verbringen. Das habe ich insgesamt zweimal getan.

Geholfen hat ein solcher Urlaub. Nach den drei Wochen Urlaub war von einer Schuppenflechte nichts mehr zu sehen. Ein halbes Jahr später war jedoch der Zustand derselbe wie vor dem Urlaub. Man müsste wohl jedes Jahr seinen Urlaub am Toten Meer verbringen, um eine dauerhafte Heilung zu erzielen.

Übrigens, ein israelischer Arzt hat mir den Grund erklärt, weshalb am etwa 360 m unter dem Meeresspiegel gelegenen Toten Meer überhaupt eine heilende Wirkung eintritt. Es sei nicht das salzhaltige Wasser des Toten Meeres. Es seien die durch den Salznebel über dem Toten

Meer gefilterten Sonnenstrahlen, die, wenn sie so gefiltert auf die Haut treffen, die heilende Wirkung erzielen.

Auf einer dieser beiden Reisen ans Tote Meer hatte ich das große Vergnügen mit einem damals wesentlich älteren Israeli drei Wochen lang im Hotel gemeinsam zu frühstücken.

Dieser Mann, nachdem er hinterfragt hatte in welchem Jahr ich geboren bin, und erkannte, dass ich bei Kriegsende zehn Jahre alt war und also mit den Verbrechen des Nazi-Regimes nichts zu tun haben konnte, öffnete sich mir in ganz wunderbarer Weise.

Die Geschichte Israels bis in die damalige Gegenwart; die Sehenswürdigkeiten des Landes; die aktuelle politische Situation Israels und seine persönlichen Erinnerungen mit dem Nazi-Regime waren die Themen.

Wir verstanden uns so gut, dass selbst die Frage wie lange er denn glaubt, dass Deutschland für die Verbrechen des Dritten Reiches an Israel bezahlen muss, nicht tabu gewesen ist.

Ein mildes Lächeln ging seiner Antwort voraus und er sagte:
„Junger Mann, das hört nie auf. Das Erste, was ein Kind in Israel in der Schule lernt, ist die Schuld der Deutschen. Aber Sie müssen das verstehen, ohne das Geld aus Deutschland und von Uncle Sam (USA) ist Israel nicht überlebensfähig."

Seit dieser Begegnung weis ich, das jede Mark, die dahin überwiesen wurde, und jeder Euro, der noch überwiesen wird, nicht nur die Schuld der Deutschen wenigstens zum Teil ausgleicht, sondern auch hilfreich ist, was die Gesamtsituation dieses Landes betrifft.

Auch mit Studenten der Universität Jerusalem, die als Reiseleiter für die Urlauber tätig waren, beispielsweise bei einer Fahrt nach Bethlehem, habe ich ähnliche Gespräche geführt.

Alles in allem kann ich sagen, das Israel immer eine Reise wert ist. Ein faszinierendes Land, mit sympathischen Menschen, einer hochinteressanten Vergangenheit und aber auch mit einer kritischen Gegenwart, was die politische Situation in Nahost betrifft.

14. Von Frankfurt über Belgrad und Helsinki nach Bagdad

(Fragen Sie nicht – machen Sie!)

An einem Freitagnachmittag, Viertel vor Fünf. Ich saß im Verkaufsbüro Südwest in Karlsruhe an meinem Schreibtisch, da klingelte das Telefon. Am anderen Ende der Leitung war ein Herr von einer Export-Import-Firma aus der Nähe von Heidelberg. Er bat mich um eine Telefonnummer eines zuständigen Mitarbeiters in der Exportabteilung des Konzerns in Düsseldorf. Freitags, kurz vor siebzehn Uhr!

Ich machte – ohne es versucht zu haben – dem Herrn die Hoffnungslosigkeit dieses Unterfangens deutlich, und hinterfragte, worum es ging.

Der Herr hatte Kontakte nach Jugoslawien, und es ging um die Lieferungen von Bauelementen aus oberflächenveredeltem Feinblech über eine jugoslawische Firma in den Irak. Er brauche jemand, der am Sonntag, also übermorgen, mit ihm nach Belgrad fliegt.

Da erinnerte ich mich an ein Gespräch nach einem Oktoberfestabend im Jahre 1969 in München. Ich sollte im Oktober bei diesem Konzern in dessen Verkaufsbüro Süd in München als Abteilungsleiter Bauelemente anfangen. Zum Kennen lernen hatte die Firma mich aber bereits zu ihrem Oktoberfestabend in der letzten Septemberwoche eingeladen.

Nach einem sehr netten Abend hatte ich am nächsten Tag ein Stück weit den gleichen Weg, wie ein Vorstandsmitglied des Konzerns. Dieser sprach unterwegs den bedeutungsvollen Satz zu mir, an den ich mich nicht nur an diesem Freitag erinnerte.

„Junger Mann, wenn Sie jetzt in diesem Konzern anfangen, fragen Sie nicht, sondern machen Sie. Leute die fragen, haben wir gerade genug."

Dieser freundliche Herr, der später seinen Lebensabend in Baden – Baden verbrachte, begründete mir auch die Richtigkeit dieser These: „Wenn Sie machen, passieren natürlich auch Fehler. Aber derjenige über Ihnen wird immer seine Hand schützend über Sie halten. Wenn Sie aber fragen, und damit die Verantwortung in der Sache eine Etage höher ansiedeln und das geht schief, das wird man Ihnen nicht verzeihen."

Eine weise Empfehlung, nach der ich mehr als dreißig Jahre gehandelt habe, so auch an diesem Freitag.

Die Entscheidung war klar, ich flog mit diesem Herrn am Sonntag nach Belgrad. Man traf sich am Meeting-Point, Halle B, Flughafen Frankfurt. Erkennungszeichen: Beide Pfeifenraucher.

In den Gesprächen in Belgrad ergab sich, dass der irakische Präsident Al Bakr und Jugoslawiens Präsident Tito Verträge über die verschiedensten Bauprojekte im Irak unterzeichnet hatten, die nun realisiert werden sollten. Dabei wollten die Iraker die preiswerten aber sehr wohl guten Facharbeiter aus Jugoslawien und dazu westeuropäische Materialqualitäten.

Sogleich am Montag rief ich meinen Geschäftsführer an, um ihm mitzuteilen, dass ich aus den genannten Gründen in Belgrad sei, und bekam folgendes gesagt: „Wenn Sie im Ausland sind, brauchen Sie mich nicht anzurufen, hinterlassen Sie das aber für alle Fälle in meinem Sekretariat. Im Übrigen gehe ich davon aus, das alles was Sie tun im Interesse des Konzerns ist." (Welch ein Führungsverhalten!)

Die Forderung der Iraker, die Objekte mit Fachkräften aus Jugoslawien und Materialien aus Westeuropa zu realisieren, musste zum Konsens gebracht werden, um daraus Geschäfte machen zu können.

Die Planungen für diese unterschiedlichsten Objekte wurden von Energoprojekt in Belgrad, sowie von einer finnischen Ingenieurgesellschaft in Helsinki erstellt. Also pendelte ich emsig zwischen Frankfurt, Belgrad, Helsinki und Bagdad.
Dann waren letztlich die Produkte, die der Konzern liefern konnte, in den Plänen festgeschrieben, und somit jeder Wettbewerbsfirma der Wind aus den Segeln genommen, denn, nachdem die Pläne genehmigt waren, durfte an der Ausführung nichts mehr geändert werden.

Am Ende hatte ich DM 50.000.- an Flugkosten ausgegeben, aber auch Aufträge im Wert von etwa 15 Millionen für den Konzern realisiert.

Ungewöhnliches gab es auch hier. Von einem irakischen Labor wurde ich damit konfrontiert, dass die Kunststoffbeschichtung der Bauelemente, in diesem Fall der Trapezprofile, nicht die in den Verträgen zwischen dem irakischen Auftraggeber und den jugoslawischen Auftragnehmer geforderte Mindeststärke von 25 my (Fünfundzwanzigtausendstel Millimeter!) aufweist, sondern nur deren 23 my. Hintergrund war, dass in den Verträgen der Iraker mit den Jugoslawen eine Mindestdicke von 25 my gefordert war, in den Verträgen zwischen den Jugoslawen und dem deutschen Lieferanten eine Nenndicke von 25 my vereinbart war, die Toleranzen von plus/minus 2 my zulässt.

Schlichte 600 Tonnen (30 LKW-Ladungen!) durften nicht eingebaut werden. Jetzt kam meine große Stunde! Die Zeitung mit der wohl größten Auflage in der Region Bagdad ist der Bagdad Observer. Dort gab ich eine Annonce auf:

Trapezprofile ab Feldfabrik zu verkaufen
(Gegen irakische Dinare, versteht sich)

Sämtliche 600 Tonnen wurden an private Iraker, die zum Teil kleinste Mengen mit Eselskarren abholten, verkauft. Gleichzeitig wurden die Materialien mit einer Mindeststärke der Beschichtung von 25 my aus Deutschland neu geliefert.

Als das geschafft war, konnte ich nur kurz an eine endgültige Lösung des Problems glauben, denn ich hatte sofort ein neues.

Irakische Dinare durften nicht nach Deutschland überwiesen werden.

Inzwischen kannte ich aber den Vertrag der Jugoslawen mit den Irakern ganz gut, und wusste dadurch, dass die Jugoslawen zusätzlich zu ihren etwa 4000 Monteuren, die im gesamten Irak tätig waren, eine gewisse Anzahl von Irakern beschäftigen mussten, die sie in Dinaren bezahlen durften.

Also gab ich den Jugoslawen die Dinare und bekam dafür Dollars, die ich dann nach Deutschland transferieren durfte.

Ich bin gerne im Irak gewesen, zumal die Franzosen und die Deutschen in jener Zeit dort hoch angesehen waren. Auch habe ich höchst interessante Menschen kennen gelernt, die in London, Paris, Berlin, Heidelberg oder München studiert hatten und so europäisch wirkten, wie unsereins.

Auch hat man in seinem Leben nicht oft die Gelegenheit zusammen mit Geschäftsfreunden bei einem Botschaftsrat der Bundesrepublik Deutschland und seiner Familie zu speisen. Das und ähnliches ist mir in Bagdad widerfahren, weil eben der Thyssen - Konzern für den ich tätig war, auch vielen Menschen zwischen Euphrat und Tigris ein Begriff gewesen ist.

Mein letzter Besuch im Irak fand 1988 statt, als sich das Land im Krieg mit dem Iran befand. Den Herrn an der Rezeption des Hotels in Bagdad habe ich gefragt, wie es denn so sei, zum Beispiel mit Raketen von der anderen Seite.

„Wie lange bleiben Sie?" fragte er mich. Ich sagte: „Fünf Tage." „Kein Problem", meinte er. „Gestern ist eine gekommen und mehr als eine pro Woche haben die nicht!"

Als ich mit dem gläsernen Lift am Gebäude außen entlang in eine der oberen Etagen fuhr, habe ich mir den azurblauen Himmel aber schon genau angeschaut, ob sie nicht vielleicht doch zwei pro Woche hatten.

Mit zwei Geschäftsfreunden aus Deutschland war ich auch in Kerbela. In dieser Stadt, mit der wohl größten religiösen Bedeutung im Irak, wollten wir uns die berühmte Moschee anschauen, nicht nur von außen, sondern auch von innen. Das hätten wir besser nicht getan. Wir zogen uns vor Eintritt wie es sich gehört die Schuhe aus, und gingen auf Socken hinein. Keine zehn Meter haben wir geschafft. Dann wurden wir so energisch wie auch höflich von einem Herrn hinauskomplimentiert. Christen waren da absolut unerwünschte Besucher.

An diese Begebenheit denke ich häufig, wenn, wie auch aktuell, bei uns in Deutschland über den Bau von Moscheen und Minaretten diskutiert wird. Ich meine, was wir erleben und spätere Generationen erleben werden, ist die friedliche aber schleichende Eroberung Europas durch den Islam. Wir akzeptieren das und müssen dann zwangsläufig auch dulden, dass diese Menschen bei uns ihre Religion leben wollen.

Würden vier Millionen Deutsche in die Türkei auswandern, gäbe es dort sehr bald auch christliche Kirchen.

Man kann den Ausländern die hier leben sehr wohl unsere Gesetze zur Einhaltung auferlegen, die Religionsfreiheit aber, die wir für uns in Anspruch nehmen, sollte auch für diese Menschen gelten dürfen. Gewisse Dinge gilt es zu regeln. Das ewige „Kopftuchthema" in den Schulen wäre sofort keines mehr, würden wir für Schüler und übrigens auch für Lehrer einheitliche Kleidung im Unterricht verpflichtend vorschreiben. Das sieht nicht nur gut aus, nein, so etwas verbindet auch, und kompensiert nicht nur arm und reich, sondern auch unterschiedliche Religionszugehörigkeiten.

Gerne, sehr gerne hätte ich auch den Iran besucht. Leider hat sich nie die Gelegenheit ergeben nach Teheran zu fliegen, obwohl ich einmal nahe daran war, und so bleiben meine Kenntnisse vom Iran auf ein etwa vierstündiges Gespräch mit einer Studentin aus dem Iran beschränkt, die ich von Frankfurt nach Hamburg im PKW mitgenommen habe, und die mir damals schon prophezeit hat, was sich im Juni 2009 und später auf den Straßen in Teheran ereignet hat.

Privat habe ich mich bei meinen Besuchen im Irak daran erinnert, dass ich von den 64 Bänden Karl May, die ich als junger Bursche gelesen habe, die Bücher die diese Region zum Thema hatten, wie zum Beispiel der Ölprinz, oder von Bagdad nach Stambul, gegenüber den Büchern aus dem Wilden Westen bevorzugt gelesen habe. (Had-

schi Halef Omar Ben Hadschi Abul Abbas Ibn Hadschi
Dawud al Gosserah lässt grüßen)

Meinem Grundschullehrer habe ich aus Babylon ein
Buch und einen faustgroßen Stein von der Besichtigung
der Ruinen von Babylon mitgebracht, obwohl das bei
Strafe verboten war. Die Iraker mögen mir das verzeihen.

15. Herzoperation

(Zahnarzt ist schlimmer)

Es war ein sehr schöner Sonntag, an dem meine Frau und ich einen Spaziergang unternommen haben. Ich war inzwischen neunundsechzig Jahre alt, und kam bei einem leichten Anstieg ins Keuchen.

Meine Frau, die ohnehin meinem Gesundheitszustand aufmerksam begleitet, hat mich regelrecht gezwungen, am nächsten Tag zum Hausarzt zu gehen und die Sache überprüfen zu lassen.

Nach einer Untersuchung und einem EKG rief der Arzt sofort einen Kardiologen an, und ich bekam dort in der nächsten Stunde einen Termin, obwohl das Wartezimmer voll anderer Patienten war. Nach einem Belastungs-EKG wurde vom Kardiologen ebenfalls telefonisch für den übernächsten Tag in der kardiologischen Abteilung eines Karlsruher Krankenhauses ein Bett geordert. Dort fanden weitere Untersuchungen statt.

Zwei Tage später stellte die Krankenschwester bei der turnusmäßigen morgendlichen Kontrolle fest, dass ich nur mehr eine Pulsfrequenz von 36 hatte, holte sofort den Stationsarzt, der gleiches feststellte und innerhalb von wenigen Minuten den Transport mit Blaulicht, Sirene und Arztbegleitung in die Herzklinik veranlasste. Dort wurde ich ab 11 Uhr 30 von einem belgischen Arzt am Herz operiert.

Es ist in der Tat ein Stück Lebensqualität, hat man dann, wenn man sie benötigt, eine Klinik wie die Klinik für Herzchirurgie Karlsruhe in seiner Nähe.

Mir wurden zwei Bypässe eingesetzt und ich bekam einen Herzschrittmacher, weil die eigene Herzfrequenz zu schwach war.

Am nächsten Morgen, anlässlich der ersten Visite nach der Operation, nahm der diensthabende Arzt meine Krankenkarte in die Hand und sagte schmunzelnd: "Na Sie müssen sich ja überhaupt keine Sorgen machen." Als ich erstaunt fragte warum, kam postwendend die Erklärung: „Wenn einer am Dreikönigstag geboren wurde und am Karfreitag am Herz operiert wird – die stehen alle wieder auf!"

Schon am dritten Tag nach der Operation stand ich in der Tat auf, und unternahm auf dem etwa vierzig Meter langen Flur die ersten Gehversuche. Danach wurde im Treppenhaus die Fitness weiter gesteigert.

Zwei Wochen befand ich mich in der Herzklinik. In dem Zweibettzimmer wurden mir – der ich auch in dieser Situation meinen Optimismus und meine grundsätzlich positive Lebenseinstellung nie verlor – nacheinander zwei weitere Patienten ins Zimmer gelegt, die vor der Operation standen, und voller Sorge und Angst der Operation entgegensahen.
Ich baute die Männer regelrecht auf und machte ihnen und auch ihren Angehörigen klar: Zahnarzt ist schlimmer!

Mir ging es von Tag zu Tag besser, auch und besonders, weil mir durch meine Frau und unsere Tochter viel Liebe und Fürsorge zu Teil wurde. Auch ein paar gute Freunde standen mir zur Seite, indem sie mir klarmachten, was wir alles noch gemeinsam vorhätten und das ich bitte schön möglichst schnell wieder auf die Beine zu kommen hätte.

Nach den zwei Wochen fuhr ich mit dem von der Krankenkasse bezahlten Taxi quasi an meiner Wohnungstür ohne anzuhalten vorbei in die Reha nach Bad Herrenalb. Dort absolvierte ich drei Wochen lang eine knallharte Rehabilitation. Die Betreuer und Pfleger meinten, dass sie so einen neunundsechzigjährigen Rekonvaleszent noch nicht hatten.

An einem Samstag holte mich meine Frau dort ab, und am darauf folgenden Montag habe ich meine Arbeit im Ingenieurbüro wieder aufgenommen, als wäre nichts gewesen.

16. Zehn Jahre gesessen

(Oder achtzig mal um die Erde)

Bei einem so langen Berufsleben wie meinem und einer Tätigkeit im Vertrieb ist man verständlicherweise viel mit dem Auto unterwegs.

So habe ich mit insgesamt fünfundzwanzig verschiedenen PKW etwa 3.500.000 km zurückgelegt, wobei der privat gefahrene Anteil höchstens fünfzehn Prozent davon ausmacht.

Bei einer Durchschnittsgeschwindigkeit von 80 km/h ergibt das 43750 Stunden hinter dem Lenkrad, oder geteilt durch zwölf Stunden 3646 Arbeitstage. Das bedeutet, dass ich tagsüber mindestens zehn Jahre meines Lebens am Steuer gesessen bin.

Bei so hoher Fahrleistung gibt es natürlich gelegentlich auch Probleme, zum Beispiel mit der Behörde. So hatte ich in Flensburg einmal einen Punktestand von zwanzig erreicht, weil ich innerhalb von fünf Jahren jedes Jahr zweimal zwei Punkte wegen zu schnellem Fahren bekommen hatte, die nicht gelöscht wurden, weil eben jährlich neue Punkte dazukamen.

Folglich musste ich zum „Idiotentest" antreten.

Den Abschluss einer solchen Überprüfung bildet ein Gespräch mit einer Psychologin oder einem Psychologen.

Ich hatte das Vergnügen auf eine feminine Variante zu treffen.

Es entwickelte sich folgender Dialog:

Psychologin: „ Herr Müller, Sie sind in den letzten fünf Jahren jeweils zweimal wegen zu schnellem Fahren aufgefallen. Ich gehe davon aus, dass Sie im Übrigen auch ein Raser sind!"

Ich: (Hatte inzwischen blitzschnell gerechnet) „Subjektiv können Sie zu solchem Ergebnis kommen, objektiv könnte man das auch anders sehen.

Psychologin: „Wieso???!"

Ich: „Ich kann Ihnen per Fahrtenbuch nachweisen, dass ich im Jahr etwa 80000 km mit dem Auto unterwegs bin. Es gibt eine Untersuchung vom ADAC, dass man – fährt man Landstraße und Autobahn gleichermaßen – mindestens alle 400 km durch eine Radarkontrolle überprüft wird. Das bedeutet, dass ich bei meiner Fahrleistung 200 Mal im Jahr überprüft werde. Wie Sie selbst gesagt haben, bin ich zweimal zu schnell gewesen. Das ist eine Fehlerquote von einem Prozent. Da könnte man auch zu dem Ergebnis kommen, dass ich im Übrigen ein korrekter Fahrer bin."
Diese Rechenaufgabe hat die Dame sicher noch mehrfach nachgerechnet an diesem Tag, konnte wohl aber zu keinem anderen Ergebnis kommen.

Ihre „Rache" bekam ich zu spüren, als mir das schriftliche Ergebnis der Überprüfung zugestellt wurde. Da stand unter anderem:
Es besteht ein Hang zum Beschönigen der Vergehen!

Dieser Satz sei ihr verziehen, denn ich durfte meinen Führerschein behalten und im Übrigen gestehe ich auch gerne, dass es die Untersuchung vom ADAC in dieser Form nicht gibt – aber sie lies sich so gut rechnen!

Übrigens: Es nützt nichts, wenn man in seinem Leben 3.500.000 km gefahren ist, und auch mit 75 Jahren noch etwa 40.000 km im Jahr fährt. Wenn man einen Leihwagen benötigt – zum Beispiel in Italien – sieht man so alt aus wie man ist. Man bekommt keinen mehr!

Das gehört europaweit per Gesetz geregelt. Wer seinen Führerschein behalten darf, sollte auch uneingeschränkt einen Leihwagen bekommen können.

Im Umkehrsinn bedeutet das: Wer nicht mehr fähig ist, einen PKW zu fahren, sollte seinen Führerschein abgeben müssen.

Die Entscheidung darüber sollte beim Gesetzgeber angesiedelt sein und nicht bei den PKW-Verleihfirmen und deren Versicherungspartnern.

17. Traumschiff

(Zum Wohl, Herr Kapitän!)

Auf diesen Urlaub hatten sich meine Frau und ich ganz besonders gefreut. Mit dem Traumschiff von Brasilien zu den Kapverdischen Inseln, dann weiter zu den Kanaren und schließlich über Madeira nach Portugal.

Belem, die Stadt an der Mündung des Rio Para und des Amazonas, war das Flugziel. Das geradezu in einander übergehende Delta der beiden Flüsse hat eine Gesamtbreite von 300 km. Fliegt man Belem vom Westen her an, überfliegt man dieses Delta bei reduzierter Anfluggeschwindigkeit in ungefähr 30 Minuten. Ein Fensterplatz ist Gold wert!

Vom Flieger aus konnte man schon im Hafen von Belem die MS Deutschland liegen sehen - das Traumschiff des ZDF. Und in der Tat, das ZDF war an Bord, um eine neue Folge dieser erfolgreichen Sendereihe zu drehen.

Zunächst ging die Reise in die im Nordosten Brasiliens gelegene Zweimillionenstadt Fortaleza, bevor das neue Ziel, die Kapverden angesteuert wurde.

Zwischenzeitlich hatte das ZDF einige Reisende dazu animiert, an der Serie als Komparsen mitzuwirken. Meine Frau und ich waren dabei, weil es doch sehr interessant ist, einmal hautnah zu erleben, wie so ein Film entsteht.

An einem 15. Februar, abends in der Bar, sang der ZDF – Kapitän Siegfried Rauch. Wer weiß schon, welch exzellenter Barsänger dieser Schauspieler ist? Lieder von Frank Sinatra, Dean Martin und anderen gehörten zu seinem Repertoire. Die Anwesenden waren begeistert.

Zu vorgerückter Stunde meldete sich der Cruise-Direktor zu Wort, und teilte mit, dass Siegfried Rauch heute seinen Namenstag feiert. Gleichzeitig stellte er die Frage, ob noch jemand anwesend sei mit dem Vornamen Siegfried. Ich meldete mich, und da kein anderer mit diesem Vornamen anwesend war, kam es zu einem herzlichen „Zum Wohl!" zwischen dem Traumschiffkapitän Siegfried Rauch und mir.

Als das wunderbare Schiff der Deilmann – Reederei auf den Kapverden ankam, gab es eine Überraschung. An der Anlegestelle wurde ein riesiges Schild aufgebaut mit der Aufschrift „Willkommen in Da Nang".
Auf meine Frage an den Regieassistenten, was das soll, erklärte mir dieser, dass wegen eines Tsunamis bestimmte Szenen in Da Nang nicht gedreht werden konnten. Grundsätzlich sei das jedoch unbedeutend, denn die Hafenanlagen mit den herumstehenden Containerburgen würden überall gleich aussehen.

Dann sollte ich mit einer anderen Frau als meiner, durchaus attraktiv, langsam die Treppe hinuntergehen. Das habe ich abgelehnt. Wie soll ich das meinen Freunden zuhause erklären, habe ich gefragt. Die wissen alle, dass ich mit meiner Frau von Brasilien nach Europa auf diesem Schiff unterwegs bin. Da die Filme ja zu unterschiedlichen Terminen gesendet werden, würde der Eindruck entstehen, dass ich schon wieder eine Kreuzfahrt nach Vietnam auf diesem Schiff unternehme und dazu noch mit einer anderen Frau!

Nach Zwischenstopps auf zwei kanarischen Inseln und im großartigen Funchal auf Madeira ging die bemerkenswerte Kreuzfahrt in Lissabon, der Hauptstadt Portugals, zu Ende.

Sollte es mir vergönnt sein, würde ich gerne eine Kreuzfahrt auf diesem Schiff, dass mit einem Verhältnis Passagiere / Besatzung von zwei zu eins und mit nur etwa 520 Passagieren überhaupt, Erholung pur verwirklicht, nach Da Nang in Vietnam realisieren, aber dann wirklich mit meiner Frau.

18. Der Fußball

(Eine große Liebe muss nicht immer weiblicher Natur sein)

Wohl wegen meiner gesundheitlichen Probleme in den ersten zehn Jahren meines Lebens, und dem unglaublichen Erlebnis mit zwölf Jahren endlich auch Fußball spielen zu dürfen, ist Fußball als meine Lieblingssportart hängen geblieben – ein Leben lang.

Wir jungen Burschen in der DDR verfolgten den Fußball in der Bundesrepublik mit großem Interesse.

Zunächst machten die Störsender der DDR den Empfang westdeutschen Fernsehens unmöglich. Ich hatte einen Onkel im Raum Chemnitz, der war technisch begabt, und hatte eine Methode gefunden, wie der Störsender wirkungslos gemacht werden konnte.

Mittels einer Aluminium – Milchkanne, in die ein Widerstand eingebaut wurde, war das möglich, und so war ich immer froh, wenn wir am Wochenende in Chemnitz zu Besuch waren, gab es doch dann die Möglichkeit Westfernsehen anzuschauen, also auch die Fußballspiele.

Im Juni 1951 fasste ich den Entschluss aus Magdeborn bei Leipzig irgendwie nach Westberlin zukommen, um mir das Endspiel um die westdeutsche Meisterschaft zwischen Preußen Münster und dem 1.FC Kaiserslautern anzusehen, das am 30. Juni im Berliner Olympiastadion ausgetragen wurde.

Ein wenig Glück braucht der Mensch gelegentlich – und ich hatte es.

An besagtem Samstag fuhr eine Delegation SED-Mitglieder aus dem Braunkohlekraftwerk zu einem Kongress nach Ostberlin. Der Zufall wollte es, dass ich den Busfahrer kannte. Ich schilderte ihm meinen Wunsch mitgenommen zu werden und auch aus welchem Grund. Der Mann hatte eine prima Idee, die er mir sogleich schmunzelnd deutlich machte: „Du tust so, als würdest Du zum Fuhrpark gehören und machst Dich im Bus nützlich, indem Du die Bonzen mit Getränken versorgst."

So kam ich gratis zunächst nach Ostberlin. Nachdem die Herren Kommunisten den Bus verlassen hatten – nicht ohne sich für mein Service zu bedanken - verabschiedete ich mich vom Busfahrer und fuhr mit der S-Bahn nach Westberlin zum Olympiastadion.

Dort angekommen, wurde mir sofort die Hoffnungslosigkeit meines Unterfangens deutlich, den sämtliche Kassen waren geschlossen und überall hingen Plakate mit der Aufschrift „Ausverkauft".

Nachdem ich etwa zwei Stunden gewartet hatte und der Spielbeginn näher rückte, sah ich eine dunkle Limousine vorfahren, aus der ein gut gekleideter, noch relativ junger Herr ausstieg.

Nach dem Motto „Jetzt, oder nie" ging ich auf den Herrn zu, erzählte ihm wo ich herkomme, sagte, dass es mein größter Wunsch sei, dieses Endspiel zu sehen, und fragte, ob er nicht noch eine Eintrittskarte für mich hätte.

Tatsächlich öffnete der Herr seine Brieftasche und mit den Worten: „Na denn, viel Spaß!" bekam ich eine Eintrittskarte auf der Ehrentribüne des Olympiastadions, die ich weder bezahlen musste, noch hätte auch bezahlen können. Da saß ich nun in meinen kurzen Hosen inmitten von elegant gekleideten Damen und Herren, und fieberte dem Spielbeginn entgegen, der auch nicht mehr lange auf sich warten lies.

Mit heißem Herzen und total begeistert sah ich dann zu wie die Adi Preißler, Fiffi Geritzen, Fritz und Ottmar Walter, Werner Liebrich, der damals noch junge Horst Eckel und alle Anderen ein tolles Spiel hinlegten, welches schließlich die Lauterer mit 2:1 gewannen, obwohl sie zunächst zurückgelegen hatten.

Diesen überaus freundlichen Herrn, der mir die Eintrittskarte geschenkt hat, habe ich Jahre später im Fernsehen wieder erkannt. Es war der spätere Innensenator von Berlin, Kurt Neubauer, der damals noch keine dreißig Jahre alt gewesen ist.

Weil die Delegation mit der ich nach Berlin gereist war, eine ganze Woche in Berlin blieb, musste ich zusehen, wie ich wieder nach Hause komme. Mit der U/S-Bahn nach Königs-Wusterhausen gefahren, von einem PKW-Fahrer bis Dresden mitgenommen, dann mit einem Motorrad bis Grimma und danach wieder mit einem PKW bis Leipzig – Probstheida und die letzten etwa zehn Kilometer zu Fuß. So erreichte ich gegen drei Uhr morgens endlich mein Zuhause.

Sonntags hatten wir ein Fußballspiel. Zuvor erzählte ich meinen Mannschaftskameraden, was ich in Berlin erlebt hatte und wurde so etwas von beneidet, dass ich nach unserem Spiel noch stundenlang die Geschichte wiederholen musste.

1953 flüchtete ich in die Bundesrepublik. Der Zufall wollte es, dass einige Monate später der 1.FC Kaiserslautern bei der Wiesbadener Germania gastierte. Nach dem Spiel gab es ein gemeinsames Essen im für die Öffentlichkeit abgesperrten Ratskeller. In der Hoffnung auf Autogramme stand ich Stunden vor dem Gebäude, darauf hoffend, dass möglicherweise doch der eine oder andere Spieler zu sehen sein würde. Zu diesem Zweck hatte ich ein Bild von der 51er Meistermannschaft vergrößern lassen, unten mit einem breiten Rand für die Autogramme.

Zu vorgerückter Stunde kamen tatsächlich einige FCK-Spieler vor die Tür um Luft zu schnappen. Ich sprach Horst Eckel an, mit der Bitte, mir doch von sämtlichen Spielern Autogramme zu besorgen, und der liebenswürdige Horst Eckel kam Minuten später mit dem Bild zurück und alle Spieler hatten unter ihrem jeweiligen Bild unterschrieben.
Ich bedankte mich und ging voller Stolz mit dem Bild nach Hause. Ganz selten habe ich etwas so behutsam behandelt und transportiert wie dieses Bild.

Am nächsten Tag manipulierte ich das Bild in der Form, dass ich eine Überschrift anbrachte:

Der 1. FC Kaiserslautern grüßt die SG Magdeborn

Dann lies ich das Bild rahmen und schickte es dem Wirt der Vereinsgaststätte, Georg Hunger, in Magdeborn, wo es hing, bis dieser Ort wegen einer Kohlengrube dem Erdboden gleich gemacht wurde.

Anlässlich der 700-Jahrfeier der Nachbargemeinde Störmthal, in der auch an den Ort Magdeborn erinnert wurde, sah ich mein Bild nach mehr als fünfzig Jahren wieder.

Jahrzehnte später. Ich lebte seit 1975 in der Region Karlsruhe und hatte an einem Freitag aus beruflichen Gründen in Berlin zu tun. Am darauf folgenden Samstag spielte der Karlsruher SC - logischerweise inzwischen mein Verein - bei Energie Cottbus.

Weil die Gelegenheit günstig war, und ich bis Mittag meine geschäftlichen Aktivitäten beenden konnte, fuhr ich am Nachmittag nicht über die Autobahn, sondern durch den herrlichen Spreewald nach Cottbus, suchte mir ein Hotelbett und machte anschließend einen Bummel durch diese Stadt, die ich vorher nicht kannte, und von der ich, wie wohl viele andere auch, eine völlig falsche Vorstellung hatte.

Der von Fürst Pückler (Das ist der mit dem Eis!) entworfene Branitzer Park mit der See- und der Landpyramide und eine durchaus gemütlich anmutende, verkehrsfreie Fußgängerzone vom Brandenburger Platz bis hin zum

Altmarkt mit seinen gemütlichen Kneipen, haben es mir besonders angetan.

Jeder weiß, dass Berlin an der Spree liegt, aber wer weiß schon, dass auch Cottbus an der Spree liegt, und der Spreebogen im Norden der Stadt ist ein geradezu herrliches Stück Natur. Die Universität Brandenburg, die Fachhochschule Brandenburg und die Akademie Wuppertal sorgen dafür, dass viele Studenten aus den alten Bundesländern ihr Studium dort absolvieren, vor allem auch wegen der an diesem Standort noch moderaten Kostensituation.

Auch politisch gesehen lag ich mit meinen Einschätzungen völlig daneben, hatte ich doch nahe der polnischen Grenze eher eine PDS-Hochburg erwartetet, denn eine unionsgeführte Stadtverwaltung. Zu jener Zeit hatte Cottbus einen CDU-Oberbürgermeister.

Gegen zweiundzwanzig Uhr kam ich zurück in mein Hotel, und siehe da, der Karlsruher SC übernachtete gleichfalls in dieser Herberge. Manger Buchwald und die Spieler wollten gerade zu Bett gehen, aber der damalige KSC-Trainer und spätere Bundestrainer, Joachim Löw, saß noch an seinem Tisch. Ich erklärte ihm, dass ich aus Karlsruhe sei und bat darum, mich dazu setzen zu dürfen. Wir kamen ins Gespräch und ich äußerte die Bitte, doch etwas aus seiner Trainertätigkeit in der Türkei zu erfahren.

Mit den Worten „Vergessen Sie alles, was Sie aus Deutschland kennen", legte er los, und es war dann schon nahezu Mitternacht, als auch wir nach zwei Stunden Diskussion rund um den Fußball zu Bett gegangen sind.

Immer, wenn wir uns später im Karlsruher Wildparkstadion getroffen haben, war die Begrüßung überaus herzlich, und als er Bundestrainer wurde, habe ich mich für ihn sehr gefreut und mich einmal mehr an diesen Abend in Cottbus erinnert.

Ein eindrucksvolles Erlebnis hatte ich auch in Italien. Eine Firma, deren Produkte ich als Planer hin und wieder eingesetzt hatte, lud mich zu einer Werksbesichtigung in ihr Werk in der Nähe von Bergamo ein, und verband die Einladung mit einem Besuch des Europapokalspiels AC Mailand gegen Bayern München im Guiseppe Meazza – Stadion im Mailänder Stadtteil San Siro.
Die Bayern spielten dort 2:2 durch zwei Tore von Daniel van Buyten und hatten das Unentschieden letztlich aber nur einem überragenden Michael Rensing zu verdanken, der Oliver Kahn im Tor vertrat, und der mindestens drei bis vier schier unhaltbare Bälle gehalten hat. Warum Trainer Hitzfeld diesen Mann das Rückspiel quasi gestohlen hat, indem er ihn wieder auf die Bank setzte, verstehe ich bis heute nicht. Die Bayern unterlagen mit 0:1 und schieden damit aus dem laufenden Wettbewerb aus.
So habe ich dem Fußball – auch international gesehen – viele schöne Stunden zu verdanken, und ich werde dieser Sportart ewig treu bleiben.

19. Missionswerk Karlsruhe
„Der Weg zur Freude"
(Aber nicht für mich)

Siegfried Müller (Er)

Siegfried Müller ist am 11.09.1935 in Karlsruhe geboren. Er war der Chef eines großen Baugeschäfts, das auf Fertighäuser spezialisiert war.

Er ist verheiratet mit Hannelore Müller. Ihnen wurden eine Tochter und zwei Söhne geschenkt, die inzwischen ebenfalls Pastoren sind und im vollzeitigen Dienst des Evangeliums stehen.

Siegfried Müller hat Anfang der 70er Jahre die Gemeinde, die sein Vater gegründet hat und die sehr im Segen stand, übernommen. In diese Zeit fiel auch ein Besuch in Korea bei Pastor David Yonggi Cho, dessen Kirche gegenwärtig ca. 850 000 Mitglieder zählt. Von dieser Reise brachte er große geistliche Segnungen mit.

Als Pastor Cho danach nach Karlsruhe kam, und Siegfried Müller ihn nach dem letzten Gottesdienst zum Flughafen brachte, gab ihm Gott den Auftrag, ihm ein Haus mit 2000 Sitzplätzen zu bauen. Für Deutschland eigentlich ziemlich ungewöhnlich. Das fertige Bauwerk der „Christus – Kathedrale" wurde schließlich im Jahr 1999 eingeweiht. Eingeflossen sind dabei viele Ideen und

Eindrücke, die Siegfried Müller von Korea und anderen Auslandsreisen mitgebracht hat.

Der Hauptschwerpunkt seiner Verkündung ist der Glaube an den auferstandenen Herrn Jesus Christus, dessen Macht und Autorität darin sichtbar wird, dass Menschen von Sünden und Gebundenheiten frei und viele Kranke geheilt werden.

Sein Dienst führt ihn neben den Gottesdiensten am Sonntagmorgen auch in viele Städte innerhalb Deutschlands bis in die Schweiz. Tausende durften bereits erleben, wie sie durch die Kraft Gottes von unheilbaren Krankheiten, aber auch von Drogen und Schwermut geheilt wurden. Auch durch die Telefonandachten konnten viele Probleme vor den Herrn gebracht und Erhörung erfahren werden.

Siegfried Müller darf die Bestätigung seines Auftrages und den Segen des Herrn durch das Gelingen seiner Aufgaben täglich von Neuem erfahren.

(Alles nachzulesen im Internet)

Siegfried Müller (Ich)

Fluchen gehört normalerweise nicht zu meinem Sprach-
repertoire und bisher war ich auch auf meinen doch sehr
deutschen Namen schon ein wenig stolz. Die Namensgleichheit mit dem Pastor des Missionswerkes Karlsruhe
hat dafür gesorgt, dass ich gelegentlich meinen Namen in
der Tat verflucht habe.

Dieser Mann, der sich im Telefonbuch nicht als Pastor
dieser Religionsgemeinschaft zu erkennen gibt, und seine
Seelsorge wohl auf die tägliche Arbeitszeit in der Missi-
on und auf Reisen beschränkt, wohl wissend, dass Menschen, die in seelischer Not sind und/oder dringend seiner Hilfe bedürfen rund um die Uhr Unterstützung
erbitten.

Unzählige Male klingelte bei mir nachts das Telefon, weil
hilfesuchende und verzweifelte Menschen seelischen Bei-
stand benötigt haben.

Als Beispiel sei die Geschichte einer Krankenschwester
aus Hannover genannt, die nachts um 2 Uhr anrief und
sofort nachdem ich mich gemeldet hatte erklärte, dass sie
sich umbringt und per Telefon den letzten Segen erbeten
hat, bevor ich außer meinem Namen auch nur ein einziges Wort hätte sagen können.

Nachdem ich dieser völlig verzweifelten Frau erklärt hatte, dass ich nicht derjenige bin, den sie glaubte am Telefon zu haben, stammelte sie eine Entschuldigung. Damit

wäre es einfach gewesen das Gespräch zu beenden. Wenn aber ein Mensch die Absicht hat sich umzubringen, hat man natürlich Skrupel genau das zu tun. Also fing ich mit ihr das Reden an. So gegen 3 Uhr 30 hatte ich sie so weit, dass sie ihre Absicht sich umzubringen verworfen hat, und im Übrigen den eigentlichen Pastor auch nicht mehr benötigen würde, wie sie mir abschließend versicherte.

Als solche nächtlichen Anrufe überhand nahmen, haben wir unsere Telefonnummer aus dem Telefonbuch entfernen und dort nur mehr die Fax-Nummer eintragen lassen. Seitdem habe ich wenigstens nachts Ruhe.

Damit sind die Belästigungen aber keineswegs beendet, denn es gibt ja die Deutsche Post. So erhielt ich von einer Dame aus Westdeutschland ein Päckchen mit einem Kruzifix, mehrere Amulette – denen Unheil abwehrende Kräfte zugeschrieben werden – und jede Menge Armbänder und Ringe, aber ohne jegliches Anschreiben. Immerhin hatte die Dame ihren Absender bekannt gegeben, so dass ich ihr mit einem Standardpaket der Post die Sachen zurückschicken konnte.

Besonders vor kirchlichen Feiertagen wie Ostern und Weihnachten geht bei mir auch verstärkt Briefpost ein, von mehr oder weniger verzweifelten Menschen, zumeist ohne Absender, wie der Brief einer Dame, aufgegeben in Hamburg – Süd, die einfach nur ihre Sorgen und Probleme loswerden wollte.

Zunächst hatte sie den Brief wohl mit Namen unterschrieben, diesen dann aber wieder aus welchen Gründen auch immer unkenntlich gemacht.

Interessant wäre es für mich zu wissen, ob auch andere
Herren mit dem Namen Siegfried Müller – und davon
gibt es in Karlsruhe einige – gleichermaßen mit seelsor-
gerischen Tätigkeiten konfrontiert werden. In dem Fall
schlage ich vor einen Arbeitskreis für regelmäßigen Er-
fahrungsaustausch zu gründen, und den Namen hätte
ich auch schon:

„Der Weg zu Freude"

Aber möglicherweise löst Pastor Müller, der mein Jahrgang ist, das Problem dadurch, dass er sich im Telefonbuch zu erkennen gibt. Die Bedürftigen und die Betroffe-
nen würden es sehr begrüßen.

Alles im Leben hat zwei Seiten, und so gibt es auch eine
lustige Geschichte aus dieser Namensgleichheit.

Wie bereits erwähnt, war ich über drei Jahrzehnte im
Thyssen- und später im ThyssenKrupp – Konzern beschäftigt. Meine monatliche Gehaltsabrechnung bekam
ich eine Zeit lang von der Personalabteilung einer Tochtergesellschaft des Konzerns in Dinslaken zugeschickt.

Einmal hat doch tatsächlich die dort zuständige Sach-
bearbeiterin das Kuvert mit der Aufschrift „Siegfried
Müller, Karlsruhe" nicht in das Sammelkuvert für das

Büro Karlsruhe gesteckt, sondern irrtümlich mit einer Briefmarke versehen und so auf den Weg gebracht.

Sie ahnen schon, was passiert ist? Tatsächlich hat die Post meine Gehaltsabrechnung dem Herrn Siegfried Müller, Missionswerk Karlsruhe, zugestellt. Von dort bekam ich sie dann weitergeleitet.

Anlässlich der nächsten Sitzung in der Zentrale habe ich diese Geschichte zum Besten gegeben und die Feststellung getroffen, dass wohl damit endgültig geklärt sei, dass wir kein Gehalt sondern lediglich Almosen bekommen, die uns zuständigkeitshalber von einer kirchlichen Institution zugestellt würden.

Der Beifall der Kollegen war mir sicher!

20.   75 ... na und!

(Vom Generationsvertrag zur verlängerten Lebensarbeitszeit)

Natürlich ist es richtig, wenn die Jungen dafür sorgen, dass es den Alten nach ihrem Ausscheiden aus dem Berufsleben einigermaßen gut geht. Das haben die Alten in ihrer Jugend für die damals Alten auch getan.

Menschen, die in ihrem Beruf ständig an der körperlichen Leistungsgrenze gearbeitet haben, sollen mit 60 oder 65 Jahren in den Ruhestand versetzt werden, das ist überhaupt keine Frage. Aber, für andere Berufe, wie zum Beispiel meinen, muss das nicht gelten.

Nach Untersuchungen des VDI fehlen in Deutschland derzeit mehrere zehntausend Ingenieure, also nimmt keiner, der länger arbeitet, einem Studienabgänger den Arbeitsplatz weg. Viele der sich im Ruhestand befindenden Ingenieure könnten diese Lücke, wenn nicht schließen, so doch deutlich verkleinern, würden sie beruflich noch aktiv sein. Ich rede keineswegs von länger arbeiten müssen, sondern ich meine die freiwillige Variante, die auch meine ist.

Wenn aber die Alten freiwillig ihre Lebensarbeitszeit verlängern, über das 65. Lebensjahr hinaus, und weiter in die Steuer- und Sozialkassen einzahlen, dann sollten die Politiker dieser Republik dafür sorgen, dass dann für diese Menschen gerechte Steuersätze gelten.

Es darf nicht sein und ist irgendwie auch ungerecht, dass zwei Menschen, die beide 40 Jahre in der Angestellten-Versicherung den gleichen Rentenanspruch erworben haben unterschiedlich hohe Renten ausbezahlt bekommen, nur weil einer von beiden seine Lebensarbeitszeit verlängert und damit seine über Jahre erworbene Rente mit dem Einkommen zusammen höher versteuert wird, als würde er nur die Rente bekommen.

Entweder müsste die Rente separat besteuert werden mit dem für die Rente geltenden Steuersatz, und das Einkommen analog, oder, wenn beides zusammen versteuert wird, sollten dafür dann reduzierte Steuersätze gelten.

Ein diesbezügliches Schreiben habe ich meinem Bundestagsabgeordneten zukommen lassen, der mir schriftlich bestätigt hat, dass er dazu eine Eingabe an den dafür zuständigen Finanzausschuss des Bundestages eingebracht hat.

Außer Umsatz- und Einkommensteuer habe ich in den 10 Jahren zwischen dem 65. Und dem 75. Lebensjahr etwa € 70.000.- an Krankenkassenbeiträgen bezahlt, und wenn ich heute wegen meiner Herzoperation bestimmte vom Arzt verschriebene Tabletten benötige, die nicht auf einer wie auch immer gearteten Liste der Krankenkasse stehen, muss ich sie selber bezahlen, oder mit einer alternativen Pille zufrieden sein!

Gleichwohl, ich werde auch über die 75 hinaus weiter arbeiten. Erstens, weil es meiner geistigen und körperlichen Fitness bestens bekommt, und zweitens, weil ich ein Mensch bin, der täglich um sechs Uhr aufstehen will, Pflichten und Aufgaben benötigt, und es im Übrigen auch durchaus geniest, seiner fabelhaften vierzehn Jahre jüngeren Frau und sich jeden Tag das Frühstück zu bereiten.

Weiterarbeiten werde ich auch, weil ich in mehreren meiner Geschäftsfreunde auch wunderbare persönliche Freunde gefunden habe, die keineswegs auf mich und die Zusammenarbeit mit mir verzichten wollen. Deren beruflicher Elan, gepaart mit meiner Erfahrung in der Branche, führt -nicht immer, aber oft - zu durchaus erfreulichen Ergebnissen.

Diese Freunde sind überwiegend zwischen 40 und 50 Jahre alt, und behandeln mich, als würde ich der gleichen Generation angehören. Das einzige Privileg das sie mir zugestehen ist, dass ich beim gemütlichen Zusammensein einen Grappa weniger trinken und eine Stunde früher schlafen gehen darf. Es macht Spaß, sich in meinem Alter in solch einem Kreis bewegen zu dürfen.

Nicht nur, weil ich weiter arbeiten kann, nein, auch grundsätzlich habe ich den Eindruck, dass mir die problembehafteten ersten zehn Jahre meines Lebens von einer höheren Instanz am Ende rückvergütet werden.

Mein besonderer Dank gilt allen, die mir, zusammen mit meinen Angehörigen, überaus herzlich zum 75. Geburtstag gratuliert haben.